意的故乡

壬寅年秋月海国宽於北京書

汪瑞宁 ◎ 著

长江出版传媒

长江文艺出版社

图书在版编目（CIP）数据

热恋的故乡 / 汪瑞宁著. -- 武汉 ：长江文艺出
版社，2024.12
　　ISBN 978-7-5702-3485-1

　　Ⅰ. ①热… Ⅱ. ①汪… Ⅲ. ①随笔－作品集－中国－
当代 Ⅳ. ①I267.1

中国国家版本馆 CIP 数据核字(2024)第 048073 号

热恋的故乡
RELIAN DE GUXIANG

责任编辑：刘　璐　　　　　　　　　责任校对：程华清
封面设计：郭婧婧　　　　　　　　　责任印制：邱　莉　　胡丽平

出版：长江出版传媒 ｜ 长江文艺出版社
地址：武汉市雄楚大街 268 号　　　　邮编：430070
发行：长江文艺出版社
http://www.cjlap.com
印刷：武汉市首壹印务有限公司

开本：640 毫米×970 毫米　　1/16　　印张：14.25
版次：2024 年 12 月第 1 版　　　　2024 年 12 月第 1 次印刷
字数：205 千字

定价：45.00 元

維桑與梓必恭敬止

詩經小雅之
小弁句
望重辛卯
端月
蔡茂友書

书画名家蔡茂友，为《热恋的故乡》题赠

在文字中抵达故乡

——读汪瑞宁《热恋的故乡》

杨文斌

甲辰夏日，暑热难耐，匆匆拜读汪瑞宁先生《热恋的故乡》书稿电子版，著名作家沈从文的一句经典话语不断浮现于脑海："一个士兵要不战死沙场，便是回到故乡。"作为和平年代的一名士兵，参过军的汪先生有幸不用走上战场，那么按沈从文的话，他必得回到故乡。

可是时移世易，人世沧桑，物理空间意义上的故乡，是回去不了！离乡万里客居深圳的游子，只能将记忆里金色的故乡一遍一遍地怀想。好在汪先生是一个会写作的文化人，他以一颗赤子之心和一支生花妙笔，饱含深情写下关于故乡的文字，在文字中抵达故乡。

何其有幸，汪先生所怀想、书写和返还的故乡，也是我魂牵梦绕的故乡。没错，地图上那个毫不起眼的小地方——湖北省安陆市巡店镇桑树店，就是我与先生共同的家乡！

美国密西西比州的奥克斯福小镇，一个名不见经传的地方，这里是著名作家福克纳"邮票般大小的故乡"。作家深深眷恋这片土地，创作了闻名于世的经典作品，奥克斯福小镇也名扬四海。人因地生，地以人名，就像高密东北乡之于莫言、商州丹凤之于贾平凹，桑树店，便是汪先生和我取之不尽的写作源泉和用之不竭的文学母题。

作为一个写作者，我非常庆幸生在故乡长在故乡，在那里生活的经历，是我宝贵的精神财富。也许故乡早就为我们准备了几本书。在岁月中沉淀，在写作中锤炼，在合适的机缘下，只需一笔一画或键指如飞写下它们，便是好文章。

先生对故乡的书写已经结出硕果，他的新书《热恋的故乡》即将出版，可喜可贺。而我对故乡的书写，只有琐碎的篇什。作为被那片土地哺育而又离开的孩子，我对故乡总有一丝亏欠。拜读《热恋的故乡》，我的亏欠之情得到了部分平复，我对故乡的怀念，却越来越深浓。

"怀乡，是在外游子无法割舍的终生情结，然而拿什么寄托怀乡之情呢？我热恋的故乡！"先生写道："对故乡的热恋，是赤诚的，也是纯真的，饱含游子深情的文字，都是经过锤炼的！"《热恋的故乡》是一本燃情之书。先生对故土、风物、人情等，饱含着滚烫的热爱，在第三辑"故乡掠影"和第四辑"故乡亲情"及附辑"怀乡诗草"里，如《父亲的背影》《三伯事略》等篇章，有着炽热而忧郁的书写。"为什么我的眼中饱含泪水，因为我对这片土地爱得深沉"，先生跟诗人艾青一样，有着一样的深情。

汪先生把这份深情，不仅诉之笔墨，还转化为实际行动，回报桑梓。多年来，先生关心家乡经济社会发展，力所能及为家乡解决问题，办理实事。其中一件是他积极奔走呼告，促成了桑树漳河大桥的重修。这座桥位于巡洪路上，是进入我老家村湾的必经枢纽。当我得知这座大桥是汪先生努力的结果，每次途经，不禁涌起丝丝感念。

《热恋的故乡》，是一本探轶之书。如果说我对先生讲述的故乡人情，我能油然产生共情同感，那对书中第一辑"故乡藏谜"、第二辑"故乡寻红"、和第五辑"故乡神游"，则具有更多的获得感和满足感。比如《探谜桑树店》《解谜六斗坵》《洒血第一人》等，读了这几个部分的文章，我发现我对故乡的了解十分有限，在先生带领下，重新打量和阅读这方我自以为熟悉的土地，深觉桑树店绝不是我闭着眼睛就能想到的那种平畴千里或冈陵起伏，绝不是一个三县交界民风淳朴而强悍的偏僻角落，而是一片底蕴深厚的文化沃土，一方浸染烈士鲜血的红色圣地，一处地灵人杰的神奇秘境。

对这片土地发生的一切，无论过去现在，我都天然地充满着浓厚的兴趣与探寻的欲望。如开篇之作《探谜桑树店》，原来那一片寂静的土地，隐藏着许多如胡家山遗址那样的隐秘，"桑树"得名之由来、桑树的民俗文化、桑树的红色记忆、桑树的历史变迁……读来十分新奇有趣。十年前，正是因为在网上读到这篇文章，才使我与先生结缘。汪先生对桑树的了解，就像熟悉自己的掌纹一样，我太孤陋寡闻了！

特别是第二辑"故乡寻红"里的《大堰角枪声》《血染柏树黄》诸篇，其中写到的人和事，大堰角杨威烈士被捕、柏树黄惨案、我不仅关注过，还实地寻访，并且也写有类似的探轶文章。一方水土形成独特的地域文化，读汪先生的书，那种认同感、快意感，是读别的书所体会不到的，这也许就是一方水土养一方人所天然形成的文化认同和情感共鸣吧。

从关注乡土文化这方面说，《热恋的故乡》对我最有价值的，便是这三个专辑。跟着先生去解谜、去探寻、去神游，透过时间的迷雾和历史的风烟，重读家乡，开解乡土语码，再次联结与故乡母腹的文化脐带，真是一件非常愉快美好的事情。

每次回到桑树，我都要在田野里散步。只有在这片热土上，我的脚步才变得从容，内心才感到踏实。故乡，不仅是养育我肉身的地方，也是安妥我灵魂的家园。尽管"此心安处是吾乡"，但只有回到家乡，此心才真正得到安宁，才切身感受到一种无与伦比的强烈的认同感、归属感和愉悦感。我从故乡出发，有朝一日，必回到故乡。因为这里，村庄里有生活着我的亲人，土地里长眠着我的祖先。

我和先生一样，我们都是故乡桑树的孩子，但最终都是时间的过客。我们来过，终将归于尘土，我们短暂的生命，就像故乡大地上吹过的一缕风。好在我们手中有一支笔，我们所记下的，也许只是很少的一部分，那是属于自己与故乡血肉相连的一部分，是弥足珍贵的。这些文字，这些纸页，挽留一段时光，寄托个体之爱，或将穿越时空，永远留驻，因而不朽。

汪瑞宁先生年近耄耋，与我父亲同辈，写作《热恋的故乡》并不轻松。在《后记》里，汪先生写道："桑榆之际，身染沉疴，既不能越千山跨万水，又无力长躬耕书大章，只能量力而行……向家乡献礼物一事，确如同'跛'字之意，在山上行走，道路崎岖，险象环生。"先生克服年老和病痛，倾情创作，确属不易，因而此书甚至可说是一本向故乡献礼的生命之书！

感谢他对小辈的信任和支持，在本书中采用了我之拙画若干，并嘱我写一点点评文字。故我不惧拙陋，记下这篇文字，只是一个家乡人的阅读杂感，还望先生谅解与指教。赏读先生文章，来自故乡桑树原野上的清风，阵阵吹来。

2024 年 8 月 20 日，黄州遗爱湖畔

（杨文斌，黄冈市文联创研部负责人，东坡文学艺术院副院长，黄冈市作家协会副主席兼秘书长。）

"多少年的追寻/多少次的叩问/乡愁是一碗水/乡愁是一杯酒/乡愁是一朵云/乡愁是一生情……"

动情的歌词,伴随着悠扬的旋律,扣人心弦,激起游子强烈的共鸣。

每个人都有自己的故乡,每个人都有割舍不断的乡愁。而且,乡愁醇香绵长,令人无限回味。离开家乡的日子越久,跋涉的路途越远,怀乡的感情也必然会越来越长,越来越浓,越来越令人魂牵梦绕,朝思暮想。

我的故乡,湖北省安陆市桑树店(今湖北省安陆市巡店镇桑树村),是个初看寻常,细品却颇有内涵、十分耐人回味的神奇地方。这是一片地处三县接壤处的热土,有着独特的地理优势,有着丰富的人文资源,有着诸多的未解之谜。它在中国革命历史上留下了浓墨重彩的篇章,是许多革命先辈终生难忘的红色热土。

"维桑与梓,必恭敬止。"离家半个多世纪,跨千山涉万水,几近"阅尽人间春色",身为游子的我对故乡桑树店和千年古县安陆的热爱与思恋,却从未曾间断,反而与日俱增。随着阅历增长,我对故乡这片热土的了解日渐丰富，不断扩展。在行色匆匆的征途上，时常有怀乡的断章草就，聊抒乡情，聊慰乡愁。然而，如此还不能抚慰我对故乡的无限思念与愁绪。

于是，在这桑榆之际，不顾被视为人类生命的第一大杀手的困扰，我奋笔书写下游子的怀乡之情。我要把自己对家乡的认知，传播给众人；把自己对乡亲的感恩，寄托于文字；把自己祖祖辈辈在这片土地上的辛劳，梳理盘点；把自己在漫漫长路的跋涉足迹，禀告乡亲。这就是我，一个少小离家的游子，一朵热恋的云，对故乡，对安陆，对桑树店的，一片恭敬之情。

作者　2018 年秋于鹏城

目　录

第一辑

故乡藏谜

小　引

　　故乡桑树店，地处湖北省安陆市西南，与京山、应城接壤，是抗战时期豫鄂边区的京（山）安（陆）应（城）根据地的重要部分。这里蕴藏诸多谜团，有着深厚的历史文化底蕴，是闻名的戏曲之乡。小镇建设布局合理，人文和地理资源丰富，有独特的物产与习俗。

探谜桑树店

　　故乡"桑树店"，是一个深深镌刻我心、融入我血的地方。"维桑与梓，必恭敬止。"（《诗经·小雅·小弁》）离家半个多世纪，"桑树店"三个字，总令我魂牵梦绕、激情澎湃。

一、"桑树"如谜

　　桑树店位于湖北省中部丘陵地区。汉水水系之一的漳河，从京山与安陆的边界由西北向东流入桑树境内，然后拐成一个 90 度的大弯，蜿蜒向南，成为安陆与应城两县的界河。这座两段界河之间的小镇桑树店，宛如漳河赠予千年古县安陆的一枚珍珠，耀眼夺目，声名远播。

　　地名的形成多与当地标志或特征有关。"桑树店"一名的来历，却让人有一种如猜谜团的感觉，难以破解。记得我读小学的时候，曾好奇地问过乡亲：为什么称为"桑树店"啊？众乡亲支吾一番，我也云里雾里，不知所以然。顾名思义，桑树店得名，应该与桑树有关。或因为声名显赫的桑树，或因为广受欢迎的桑园。然而，我们看到的或者听到的"桑树店"一名中，桑树既不是标志与特征，也不是传奇。在老家，不成气候的桑木我见过不少，还亲手采过桑叶养蚕，摘过桑枣（即桑葚）品尝，但大多零零散散，远远没到冠为地名的程度。

　　20 世纪后期，家乡重修县志。追溯"桑树店"地名来历时，不知谁人，说桑树店原本叫"三茅店"，因早年有三个用茅草搭成的棚子开设的田畈小店而得名。又因为有人在外得了功名，被问到家乡何处时，答为"三茅店"，却因为乡音，被人误听成"桑树店"。于是，将错就错，"桑树店"一名正式取代了"三茅店"。

因得了功名而造出地名的传说，在桑树店确实存在。例如现称"罗园"的地方，据说就是因为当年来桑树店报告喜讯的队伍携带骡马在此驻扎过，由此得名"骡马园"。后来，经过岁月的冲刷，演变成了"罗园"。但是"三茅店"的传说，我却未曾听过。"桑树店"与"三茅店"怎么能混为一谈呢？官方尚无记载可考，"三茅店"的传说又未经证实，思乡游子心结难解。我决心打破砂锅问到底。叩问桑树店的得名，成了我的一个美丽乡愁。

终于不负我心。我多次听到乡亲们当面讲述桑树店的桑树。当时年近八旬的幺舅舅曾亲口告诉我，20世纪50年代，一个地质勘察队，在桑树店街北的田野勘察，从很深的地下探出了许多桑树陈叶。我的一位舅表姐夫，年轻时与同伴们在桑树河南段的河道中一番苦干，竟然挖出来好几根沉积在河底的粗壮桑树树干。这已不是传闻了，而是亲身见闻，足以证实桑树与桑树店的因缘。其实他们都不知道桑树店原名"三茅店"的传说，只是想以此佐证桑树与"桑树店"鲜为人知的渊源。置身实地，恍惚间，我仿佛看到了，那勘探出桑树陈叶的地方，与我亲眼看到野生桑树、亲手采撷野生桑枣的地方，都是桑树遍植的地带。

漳河流经桑树店，出现了90度大拐弯，留下了大片大片的河滩沙地，这实际上都是洪水泛滥的印迹。马姓村落西迁武马岭而留下的"五马坟"遗址、沙子岗住户迁移到河对岸山地的记忆，都明确地告诉人们，当年洪水是多么无情地扫荡过桑树店，吞噬了这片土地上郁郁葱葱的桑木桑园。

不知是出于对从前美好岁月的怀念，还是曾经的桑树店涅槃，号称"小汉口"的桑树店，在京山、安陆、应城三县接壤的漳河西岸重新站立了起来。并且，新兴的小镇格局颇有古城模样。或许是因为被洪水坑害的遭遇，为了防止灾难再袭，小镇的地基明显高于周边的田野，这绝对是人们的主动选择。而且，小镇四周还筑有厚厚的土墙，墙外有一条如同护城河的壕沟环绕。壕沟东西南北设四个出口，只有借助渡桥才能通过。当然，这完全是为了小镇人的自我保护，明显不适应社会的发展而被改变了。但小镇的排水防汛水平，依然令人称道。各家门前有水沟，与房屋的瓦檐相对应，与左邻右舍的水沟相连接，形成一条呈单向环镇排水的干渠。各户还有自家天井通往干渠的暗沟，及时排放宅内出现的渍水。正是这种简单而又普遍的排水设施，免除了桑树店的水患之忧。尽管如此，街道中间，还特地铺上了长条形石板，便于人的行走。通观这些石板，仿佛一个巨大的桑树树干形状。借此也可聊补"前不栽桑"所带来的遗憾。

整个街道，宽窄大体一致，线条舒缓自然。房屋建筑，高矮不一，但皆有徽式风格。门面全为木制，有大有小，但无一突兀，如同统一设计，统一建设，十分协调。这种统一其实并无规定，完全是约定俗成。门庭与门前水沟，形成通道，连成贯通桑树店全镇的特色长廊。这条长廊，被乡亲们俗称为"街心坡"，不但可以通行，而且有利于摆摊。尤其在下雨天，还能提供避雨的便利。

社会总在发展，桑树小镇也不例外。小镇的建设凝聚了居民的聪明才智，彰显了这方水土的灵气与美德。然而，小镇既有的格局无疑赶不上社会的发展速度。于是，在小镇南头壕沟的西侧，又形成了一个今天人们看到的如同客家围屋状的居住点，简称六斗坵。

六斗坵实际上不是"坵"，而是承担着桑树店生活与贸易分流任务的居民区。店铺分布四周，中间空出一方场地，集中交易。六斗坵留给我的记忆，颇似"桃花源"一般，树木葱茏，绿水环绕。滨临壕沟，还有由木头支撑的房屋。当年，时尚青年摄影留念，常以六斗坵为背景。若干年后，当我走出小镇，放开眼界，在凤凰古城的沱江边，又自然而然地联想起我们小镇的六斗坵。我甚是疑惑，六斗坵住户中，或许有兄弟民族的元素。

桑树村一角

小镇北头的"半边街",则是另外一种状况。这其实是在小镇的主街外新起了一条短街,有门户相对,有商铺营业。只是街道不如主街长,与主街相接地段,早年的确只有几户门面的半边街市。除此之外,两条街别无二致。

崛起的桑树店小镇聚集了人气。四面八方的人来此落户营生,繁衍生息。南京、山东等外省市的大户也来此扎根。本省随州、黄陂、孝感、应城、天门等地的人,不辞劳苦,来此谋生。本县县城的"城里人",也举家迁移,落户小镇。医、食、住、行,各种店铺应有尽有,仿佛一个巨型的"百货"商店。连外国的传教士也慕名来此设立教堂。京山、应城及安陆本县的许多集镇,与桑树店自由经商贸易,互通有无,形成了一个半径为七八公里的贸易圈。这也为桑树店在抗战中成为李先念、陈少敏领导下的鄂豫边区中一块很有影响力的根据地创造了有利条件。桑树店在中国人民的伟大抗战中,留下了许多可歌可颂的英雄事迹。

二、"艺"彩纷呈

漫步故乡街头,许多早年的记忆又在脑海重现。最令我牵挂的,是久违的民艺乡韵。桑树店的民间文化,如同灯谜一般,"艺彩"纷呈,内涵丰富,不乏传奇,让人猜想,令人回味。

刺绣称得上是小镇常见的手工技艺。刺绣刺绣,家乡的刺绣其实主要是"绣",乡亲们的口头语更直白,就是"绣花"。绣花技术成了妇女的一种必备能力。如今被统称为"汉绣"的工艺品,当时是小镇的"家常便饭"。各家各户,尤其是成家的妇女,都有一本方凳凳面大小、功能类似影集册的厚厚《影本》,专门用来放置刺绣的纸样与彩线。空闲时间,都会有左邻右舍拿出《影本》来切磋绣花技艺。一人不少,两人可聊,三人以上更显热闹。大家似乎是出谜语一般,用的是五彩丝线,绣的是缤纷图案,不到最后时刻,很难猜出所绣的是什么花样,是否能够如愿绣出。绣品可做枕头，可做童帽，可缀鞋面，可缀手帕……或自己使用，或作为礼品。件件绣品，异彩奇纹，栩栩如生，仿佛散发出一种扑鼻的芳香，让人流连。

至于打"莲响"、跳"竹马"、唱花鼓戏等活动的火热程度，不逊于今日的广场舞。民间艺术文化，在桑树店竞相呈现，五彩缤纷。而其中影响更广、令我尤其记忆深刻的，则是唱戏。

故乡桑树店可称得上"戏曲之乡"。据史料记载，旧时德安府有"三陈"，一文一武一优伶。其中的"优伶"，就是桑树店人陈丁巳。清朝咸丰年间出生的陈丁巳，为当时德安府桂林汉剧班的头号台柱，也是湖北汉剧界永垂青史的一代名伶。

陈丁巳的成就与声誉，极大地影响了桑树店的戏剧活动，也拉动了花鼓戏的传承。

花鼓戏，在乡亲们的口音中，原本被称为"花歌戏"。后来才知道，"花歌戏"其实就是被统一冠名的"楚剧"。与中华人民共和国同龄的我，从开始懂事起，就看见乡邻们粉墨登场，轮番上演"花歌戏"《陈世美不认前妻》《劈山救母》《梁山伯与祝英台十八相送》《济公和尚》，以及《张先生讨学钱》《小放牛》等。"花歌戏"的热浪，在桑树店经久不衰，广受欢迎，而且带动了周边地区。

即便如此，我却不了解家乡"花歌戏"的历史，不了解我看到的"花歌戏"是何时兴起的。

有道是："只要功夫深，铁杵磨成针。"这些年每有还乡日，我总会探询"花歌戏"的由来。知情的乡亲们告诉我，桑树店的"花歌戏"演出活动，实际上是一种自发的行为。中华人民共和国成立以后，"人逢喜事精神爽"，过上了稳定日子的乡亲们，也开始追求文艺活动。

当时，有一位酷爱"花鼓（歌）戏"的吴姓先生客居桑树店，一帮热火朝天的年轻人主动求教于门下。吴先生很高兴，欣然教授大家学唱"花鼓戏"。在此基础上，根据每人学唱情况，分配角色，组建演出队伍。此时，却遇到了一个难以克服的困难，没有女演员，只好赶时尚——男扮女装，当年流行这种时尚。于是，桑树店的假幺姑（湖北方言，指小女儿）"秦香莲"脱颖而出。假幺姑"秦香莲"本是一位富家大少爷。不知是因人饰角色还是因角色训练人，戏台下的大少爷，生活中俨然一副忸怩的模样。这副忸怩样也不碍于男扮女相。男扮女相，有模有样。"秦香莲"的扮相，别有风采。桑树店的"济公"也令人叫绝。"济公"的扮演者本是一位由邻县应城迁来的铁匠师傅，却能把济公和尚那种落拓不羁、似癫似狂的神态演绎得淋漓尽致。加上他嗓音沙哑，更添特别韵味。如此济公，在我的脑海中深深扎根。几十年云卷云舒，舞台上的济公，电视上的济公，都没有取代我们家乡戏中的济公形象在游子心目中的位置。今日忆述此事，记忆中的"济公"又在我的眼前鲜活起来！

我探寻"花鼓戏热"时，偶遇一位当年扮演老旦的大伯。我向他询问了我久藏心中的一个谜团——桑树店演出"花鼓戏"，行头从何而来？所谓"行头"，即演出的用品，包括服装、头饰、乐器等。已逾八旬的大伯身板依然硬朗，与我谈话也没有中断他手上正在干着的家务活——挽柴草把子。大伯告诉我，他们的行头来自他们的劳动收入：主要靠到漳河里捞鱼，然后拿到集市上去卖。卖鱼得来的资金，再从漳河乘船到汉口办行头。大伯的讲述，使我弄清了桑树店演出"花鼓戏"的行头来历，从中透视出当时漳河的生态与通行情况，也透视出当时桑树店集市的吞吐能力。由此，也解开了积压我心头的一个谜团。以前我一直认为，他们演出的行头是富户资助，所以由富户的后人负责保管。原来行头与保管人纯属"巧遇"。保管行头者也是"花鼓戏"的热心人，原本他希望自己能够上台扮演一个角色。可是，师傅面试没有选中，但仍留下他负责保管行头的任务。这位富户的后人的确负责，演出时，忙前忙后，保证角色的行头需要；演出完，把行头收拾好，妥善保管。每年春夏，定期晾晒，以免行头霉变或损坏。

家乡人对"花鼓戏"的热情世代相传。大人们会演唱的上台唱，小孩子上不了台就三三两两自由组合，在家里学唱。没有行头，自己动手，用木条制佩剑，用硬纸盒做凤冠，用皮麻染色做成胡须。果真是"百炼能成钢"，到了演唱现代戏的年代，自学花鼓戏的少年终于挑起重担，正式登台演唱现代楚剧。全本演绎《红灯记》《沙家浜》《红嫂》，还有名气颇大的《双教子》，一曲接一曲，热闹不减当年。

栽什么树苗结什么果，演唱现代戏，便带来现代风。有一位邻家小伙，因为扮演《沙家浜》中的沙四龙，被一位街坊看中，主动让自家宝贝姑娘与他结为连理。喜讯传开，成了桑树店"花歌戏热"的一段美谈。

三、探"谜"小札

故乡桑树店，还有许多数不清的谜团，耐人品味。有些谜团曾经流传，渐渐却随风吹去。有些虽然传至今日，却无法或者难以破解。

20世纪60年代干旱，漳河断流，塘堰出现枯竭，街边的王家堰却仍然有水。王家堰的水不多，只有堰底一米见方，但又似乎永远不干涸，也不大增。后来，本不负责王家堰水务的我的舅伯，被跨界特派过来干活。满腹疑惑的我辈儿童，赶赴现场看"顶台"（方言，即最佳位置）。炎炎赤日之下，饥肠辘辘的舅伯独自苦战，竟然在王家堰的淤泥中挖出了红褐色的石磨盘，磨盘下正闪亮着一汪冰冰凉凉的清泉。这清泉从何而来，众说纷纭，莫衷一是。有人说是古云梦泽的遗存，有人说这清泉源于桑树河中深不可测的古巫（乌）江兜。这处泉眼，的确如同一个谜，一直未能得到破解。后来，有人又在王家堰旁挖掘水井，接二连三挖出了拳头大小的土疙瘩，谁都不以为意。工作后，当我看到其他地方发现的恐龙蛋的图片，总觉得与故乡的这些土疙瘩何其相似。莫非这片土地上，曾经也有恐龙的足迹？

事实上，桑树店地域的确发现了多处古遗址。南侧胡家山有符合屈家岭文化特点的旧石器时代遗址。漳河岸边的周胡村，有西周时期的神墩遗址，遗址中的红烧土里，还夹杂着稻草谷壳灰烬痕迹。据说，流传下来，被称为什么"台"，什么"墩"，什么"寨"的地方，多有古遗址或者古遗存。然而，这些谜团，绝大多数仍未被破解。

胡家山遗址照（胡日新摄）

其实也不尽然，董家垱就是例证。我从小就像听谜语一样，听传说那里有铜人铜马。但是，地质勘探队曾经来此勘测过，没有收获。而与董家垱共靠一道山冈的黄家凹，却勘测出有古遗址。黄家凹的村头，还竖立着很漂亮的石牌坊。这牌坊真的如同一个谜语，通常，牌坊因何而立，何人所立，应该是清楚明了，有据可查的。然而，由于没有文字资料，只靠人口口相传，如今，牌坊的由来已鲜为人知。我清晰记得，这座牌坊正在翻过山梁的下坡处，董家垱通向漳河的山涧东侧。与我们现在看到别处的牌坊横跨通道不同，它静静地恭立路旁，面向行人，颇显风度。遗憾的是，这座牌坊早已贡献给水库工程了。历史的牌坊虽逝，牌坊的价值犹存。它彰显出建立牌坊的底气，透视出社会的价值取向，也回荡着来来往往的足音。

记忆中的牌坊（汪子涵绘）

故乡桑树店还有许多神话故事。早在我的童年岁月，有人告诉我，桑树店西北角的代家冲，左右两道山冈是两条卧龙。山冈间相对独立的山包，则是一颗龙珠。讲述者还带我们几个小伙伴登上山包，实地踏看。山包顶是一片平地，残存许多瓦砾、断墙，还有条形沟凹。那些是曾经的关隘哨卡，还是供奉神灵的庙宇，儿时的我们无从辨识，这份记忆为之更增添了几分神秘。而桑树店街北河岸边的庙侧，两棵高大的古树，更似两条盘旋向上的巨龙。传说它们常在深夜悄悄吸饮漳河流水。传说多为戏说，信不信都由人把握。而在20世纪60年代的一个冬日下午，我曾亲眼看到，多位身着在当年颇显派头的长大衣的男子，在这座小庙旁停留很长时间，还不停比画着手势。后来有信息流出，说这是新四军五师的几位老革命，在这里寻找当年的踪迹。这座破落的小庙，曾经的确发生过惊心动魄的事情。但是，具体内容，如同谜语一般，不为人知。

站在东山俯瞰桑树店街景，认真细品，眼前所见着实颇像一条巨大的龙舟。街北两棵古树为龙舟角，街南广大桥畔的关帝庙，则是关公率周仓、关兴，护卫着桑树店这只龙舟，佑其平安吉祥。

如今的桑树店，"远山含秀色，芳树映春晖"。桑树默默地携手多类树木，在这片热土上生根，蓬勃生长。街道两边，郁郁葱葱的樟树吐露清香。田野道旁，笔挺高耸的白杨意气风发。房前屋后，栀子花树、橘子树、柿子树，与枣树、梨树和谐共生。河滩沙冈，大面积种上了杉树、柏树，形成了林场。还有水泥道路穿插其间，与河上的水泥桥相连。桥头建有石凳石几，供人休闲，很有河滨公园的韵味。

如谜一般的桑树店，以独具特色的旧貌与生机勃勃的新颜，以丰富的人文历史与别有洞天的环境，呼唤着身在他乡的游子，恭迎着四方的宾朋。

名伶百年谜

　　如果说桑树店堪称"戏曲之乡"，陈丁巳就是一个标志性的例证。

　　然而，一百多年来，桑树店的父老乡亲，基本上不知道陈丁巳是何许人也，甚至根本不知道陈丁巳这个名字。名伶陈丁巳，成了桑树店的百年之谜。

　　多年以前，一个极为偶然的机会，我无意中读到了陈丁巳这个名字。文字特别醒目而明确地标出：陈丁巳，湖北省安陆县桑树店人。因为这是第一次看到家乡名人之名，虽然感到兴奋，但也不相信。因为我们从来没有听说过家乡有这个名人。回家乡寻访了许多"眼观六路，耳听八方"的乡亲，却还是无解！直到前些年，家乡所在的乡镇编印出一本《千年古镇》，其中有专门的篇章讲述了陈丁巳，才稍微弥补了我多年来的一个遗憾。

　　2021年，安陆市委组织力量，搜集安陆故事，编撰《安陆文化丛书》，我有幸被邀进入编写这套丛书的微信群。在其位就应谋其事，尽其力。有一日，该群人气很旺，群友纷纷冒泡。尚未摸清东南西北的我，尝试着建了一言，希望能把桑树店的戏曲底蕴挖掘一下，并以汉剧名伶陈丁巳为例。我的建言当即得到了积极回应！安陆市史志办的巡店镇人士黄清明主任，立即贴出了他多年收集的陈丁巳资料。这些文字，的确带给在外的游子极大安慰，也化解了我的一些乡愁。认真研读文字之下，有关汉剧名伶的百年之谜，逐步得到了破解。

　　陈丁巳，1857年生于桑树店，大约1905年去世。为晚清德安府桂林汉剧班台柱，亦为湖北省汉剧界一代名伶。他对早期的汉剧剧本的修改、优化和提高，做出了卓越的贡献。

丁巳，是陈的乳名。他童年入私塾就读时，塾师为其命名为陈培德，字树滋（有人说是"树泽"，该说法有误）。后因其违拗父命，不思"上进"而混迹于"下九流"之中，其父盛怒之下，将他驱逐出家族，不许他沿用家族宗派名字。后来他正式下海加入汉剧班时，便以其乳名丁巳为艺名。因此世人只知有陈丁巳，却不知其原名为何了。正因如此，无论当年，还是现在，桑树店人大多不知陈丁巳为自己的同乡。

据知情者介绍，陈丁巳出生于咸丰七年（1857年），其父陈作堃在桑树店经营商业，开一间杂货店，兼营花、布、粮行，还种少量土地，陈家在当时当地也算是殷实之家了。陈作堃膝下四女一子，丁巳最小，所以最受父亲宠爱，但父亲对他的期望也十分殷切，在丁巳刚满7岁时，即送入私塾启蒙。陈丁巳天资聪颖，第一年读完《三字经》《孝经》和《鲁论》等书，第二年又读完《大学》《中庸》等儒家经典，第三年开始读《诗》《书》和《左氏春秋》，并能听懂老师讲解，开篇作文章了。陈作堃望子成龙心切，对他的学习成绩也深感满意。丁巳过十岁生日时，亲友们共同出资在杨家河请来一个花鼓戏班，在桑树店搭台演出三日。怎料陈丁巳通过三天的观赏，哪怕只看过一次的戏文，事后也能有模有样地全部描述出来。从此他对"子曰""诗云"便不感兴趣了，常常逃学跟着戏班去看演出。附近的巡店、王店、杨家河、马家榨、张家茶庵一带，只要有戏上演，他便偷偷地前往观看而乐此不疲。与其父要求他入学、中举、光耀门楣之愿望背道而驰。因此父子之间的矛盾越来越深。其实，此时的陈丁巳眼界还不开阔，不知道流行于下五府（武昌、汉阳、黄州、德安、安陆）有一种汉剧班。汉剧是由湖北皮黄调吸收秦腔、中州梆子而逐渐形成的一个新型剧种，当时称为"大戏"，以演历史戏为主。

同治十年（1871年）清廷由两宫皇太后垂帘听政，在历史上曾一度称之为"同治中兴"。那时晋、秦两省客商，在德安府新建的"山陕会馆"刚刚落成，并建有戏楼一座。又由会馆出资组成了一个名为"德安府桂林汉剧班"的剧班，上演当时流行于鄂东的新型大戏——汉剧。

桂林汉剧班初创时，陈丁巳只有14岁，旧书读得也不少，还能动笔写文章。同治十年，陈丁巳到府城参加湖北提学使的按临考试，考试完毕和一些考生去会馆观看演出。那天演的是著名"一末"易振声演唱的《洪羊洞》，"二净"赵云龙和某"三生"演的《将相和》。他边看边琢磨，不断击节赞赏。他说："跟着花鼓戏辗转几年，不外乎是'公子逃难，小姐怀春'，今天才知道在世界上还有这等好戏，难怪称之为大戏。大戏，大戏，'大'字当之无愧。"天地本是一个大舞台，芸芸众生，都不过是舞台的生、末、净、丑。而戏台又是社会大舞台的缩影，通过它反映出古往今来的多少仁人志士，尊荣屈辱，多少才子佳人，离合悲欢。陈丁巳多年的探索和追求，今天才得以窥其堂奥。

散场之后他进入后台，求见班主易振声师傅，说明了自己的来意和决心，想入班拜师学艺。易师傅看了他一身的穿戴和打扮，严肃地说："不行！你是童生，是未变的蛟龙，前程不可限量。而我们这些人，属于走江湖、踩横板的戏子，是被列入下九流的低等人，你想一想，和我们这些人沆瀣一气，岂非明珠暗投？何况我们这个门槛也不是轻易就可进来的，还要你家长写下文契。就凭你一时高兴，想入班就入班，如果你家里人知道了，向官府一告，说我们诱拐良家子弟，我们吃得消吗？"易师傅好劝歹劝，但陈丁巳一再要求，毫无转意。易振声派人去桑树店找来陈丁巳的父亲。结果就如前文所述，他父亲请来了亲戚，申明与他断绝父子关系，将他逐出家族，不允许他使用陈家的宗派名字。丁巳就这样毅然下海了。

陈丁巳嗓音圆润，吐字明亮，声若洪钟，扮相气派，典雅大方。易师傅安排他跟剧班的某"三生"演员习生角，自己也不时予以指点。陈丁巳酷爱戏剧，能自觉地刻苦钻研，因此进步很快。每学一戏，他都十分注重在唱腔和念白上，刻画出人物的心情处境，决不拘泥于陈规旧套。同时，他还不断改进身段、动作，务使与所扮剧中的人物相和谐。这些都深受班主和师傅们的赞赏。由于他的努力，很快便如囊中之锥，脱颖而出，一鸣惊人。

据民间流传，经过陈丁巳去芜存菁，修改过的剧本（主要是属于生行演出的，当然也有别个行当的）如《取成都》《逍遥津》《珠帘寨》《芦花河》《汾河湾》《捉放曹》《荥阳城》《哭秦庭》等80余种。凡经他修改过的剧本，顿从"下里巴人"一跃成为"阳春白雪"。无论是文质彬彬的读书人还是道貌岸然的绅士们都认为桂林班演出的汉戏，起到了高台教化、移风易俗的作用，可称得上是雅俗共赏的好戏了。

这位当年誉满江汉、名噪一时的伶人，除了他的艺术造诣已深深地刻画在当年的观众的脑海中外，他对于后来的汉剧继承人的培养，也是不遗余力的。20世纪20—40年代，红遍武汉的汉剧生行名角如吴天保、徐继声、陈春芳、肖春蕙等人，提到"三生"老前辈陈丁巳，无不佩服，或自称为其再传弟子，或间接曾受其教益。

陈丁巳不但在德安如此受人褒奖，即令在武汉、钟祥、宜昌、沙市都博得顾曲周郎的好评。那时，民间流传着一则民谣："德安府有三陈，一文一武一优伶。"据传，其中所指的"一文"，就是安陆北正街的陈文恪，曾任清朝的工部尚书；"一武"就是应城的陈国瑞，清朝将领，曾任一省提督；"一优伶"则是陈丁巳。陈丁巳作为一名当时不受社会重视的戏子、优伶，而能与一位尚书、一位将军相提并论，足见他在汉剧界的贡献。

谜团般的山路

有一条山路，总在我脑海萦绕。它串联着无数的谜团，留下了我无数的记忆，也镌刻着我美好的年轮，给予远行的游子无限的温暖和慰藉。

一

故乡安陆县，民国前为德安府的治所。我家的住地，位于县城西南隅，是一个与应城、京山接壤的小镇，距县城 15 公里。这个距离，其实完全是乡亲们的一种估算，因为根本没有正式的道路可丈量，全是穿村过冈，靠行人自择路径。两头还有漳河与府河横亘。古往今来，隔山容易隔水难。漳河与府河虽有大小之别，但对乡亲们通行的刁难，毫无高低之分。

我对这条山路的最初印象，都与祖母紧紧相连。童年的我，每次去县城都有祖母同行，不离左右。我们出发的具体路线并不固定。因为漳河从北经东，环绕小镇而过。水流小时，可向北走独木桥通行；水流大时，只有向东坐渡船过河。过河后，再顺着没有路径的河岸探索前进，并入主道。

主道其实也不是像样的道路。田畈中的路，都是借助田埂而成，路面都不宽。也不可能宽，因为当时的田地是私人的，各家都很珍惜。田畈之外的山地，路明显宽了很多。有岗地、有洼地，起伏连绵，走起来也省心多了。多少回，我们祖孙从山洼走过时，都是村中人家做早饭的时间，炊烟袅袅，寂静无声。童年的这种情景深深印入了我的脑海，直到今天，依然如在眼前。

令我印象清晰的，是 1960 年的早春。那年春季开学前夕，年幼的我，在祖母与姑妈带领下，转学去 15 公里外的县城读小学四年级。我们出门很早，天还没有亮，完全看不见路径，全凭人的感觉行进。老天爷似乎有意阻拦老青少三人此行，麻木无情地泼洒着冰冷的春雨。姑妈挑着担子，祖母照顾着我，踟蹰向前。祖母遭受过缠足陋习摧残，一双脚总是分别被特制的专用布带死死束缚，扭曲成三角形状，走起路来，如同踩着高跷一般，颤颤巍巍，十分不易。即便如此，祖母仍然顾及着我，分秒不能离，千万不能有丝毫的闪失。祖孙三代风雨行，万千宠爱集我身。我成了此趟行程的重心！

我们此行是从小镇东边坐渡船过河的。到达河东岸，再沿河岸向北，寻找往县城的主要路径。寻找路径真的好似猜谜，全凭人的运气，当然还需要主观努力。河边并没有成形的路，全靠自己选择。反正方向明确，只要走得过去就行。其中自然有险阻，荆棘丛生我们已不放在眼中，那自山间注入漳河的沟渠却不容忽视，流量小的沟渠谨慎跨过即可；流量大水势猛的沟渠，自带流水的轰鸣声，黑夜中给人更添一种恐惧感；还有的沟渠难以跨过，只有绕行。

择路的谜团破解了，总算找到了通往县城的主道，一直悬着的心才落了下来。现在要对付的是雨水。

祖孙三代的这趟行程，正值春雨潇潇的时节，行进无疑平添了许多困难。与风雨博弈和提防滑倒两项任务，伴随全程。祖母撑着油布雨伞护卫着我行走，因为身高差距，总会让雨伞向我倾斜，唯恐雨水淋湿了我的头发或者衣服，以致祖母自己的衣服被雨水淋湿了不少。姑妈挑的担子，一头装的衣物，必须保证不被雨水淋湿；另一头装的蔬菜，只有任凭风雨了。除了担子，姑妈还要顾及我和祖母安全，绝对不能让一老一小滑倒摔跤。

山路沿途经过一串的村塆与驿站，这些地点我大多不熟悉，有的连名称都不了解。直至今日，在熟悉情况的乡亲帮助下，我才基本了解了所经地点，才知道了几个驿站的名称。那天，三代人摸黑绕过滚子河，走过八里岔，穿过夏家塆，约莫走完五分之三的路程，来到一个山冈上。远远望着东北角的灯光，祖母告诉我，那里有灯光的地方就是县城了！我们快要到达此行的目的地了，我的心里也亮堂了起来，兴奋之情涌遍全身。

下了岗地，就是河德桥，就是平畈了。这时，雨停了，天也放晴了，脚步也显得轻快多了。经过李家桃园，渡过樱船渡口，踏过金银沙滩，祖孙三代终于平安地进入了县城。

这一趟冒雨摸黑跋涉山路到县城的经历，在我的脑海里刻下了深深的印记。我在这条山路上走过不知道有多少回，黑夜中独自一人走完全程也有若干次，却要数这次的印象最深。这大概是因为此行融入了祖母与姑妈的身影。15 公里山路，承载着我对亲人们的不尽感激，承载着我的无限思念。

此后，我似乎再没有机会与祖母一起走过这条山路。而我依然来回在这条山路上不停地跋涉。

二

转学至县城读书后，我多次回过乡下。起初的几趟，是与一个大我几岁的女孩结伴。女孩与我是乡邻，在县城住同一个大院。我与祖母和姑妈进入大院时，就是借用她家炉灶做饭。直到这时，我才理解了姑妈挑菜的用心。因为我们的粮食不够，大人未卜先知般地从乡下带来了腊菜（外观类似雪里蕻，他乡鲜见，只能腌制成咸菜，或拌米煮食），以此拌米做饭，度过了一段日子。由此，也为我找好了回家伙伴。有伴同来同往，的确很方便。经历几次后，我就可以单独往返了。

来来往往的经历，给我意外地创造了深入社会深入实际的机会。回乡的任务，除了探望亲人，慰藉乡愁，还有一项任务，就是给家中送粮食。每隔一段时间，父亲交给我一张购粮的批条，去县城老街一家指定的粮食供应站购米。这种米被称为"99大米"。所谓"99"，其实是这种米的价格，每斤9分9厘人民币。米很白，明显有别于普通大米。我每次用一个俗称为"挎包"的布袋装米，大概能装10斤，然后独自返回。送米的经历，一直储存于脑海，成了我今天透视当年的一粒水滴。哪怕微小，却很真实。

当年没有双休日，我只能利用星期天不上课的时间回乡，速去速回，当然都是在白天。15公里山路，孤身独行，人烟寥寥，今天回想起来，仍有几分发怵。11岁时的我却毫不畏惧，不惧野兽，也不惧强盗，头脑中也没有这类提防兽与恶人的概念。我无忧无虑地行走着，漫无目的地浏览着田野的风光，渐渐地，也形成了一些印象。路边的大片岗地，种有红薯，还有不需浇水的季节性农作物。我们当地的红薯，全是红皮白肉，水分很多，脆甜可口，适合生吃。然而，没有一个路人弯腰伸手。红薯地全无设防，也用不着设防。人们普遍处于相当自觉的状态，不能偷拿集体财物，不能损害群众利益。上初中后，我学到了"一路平安"，学到了"路不拾遗"这些词，头脑中总会想到这些情景。这也是这15公里山路给我的馈赠，是货真价实的，是课堂上、书本上学不到的。

独自往返，不知害怕，但孤寂我还是能体会到的。所以有一次回到家中，大概是什么事触动了我的痛点，我当着祖母和母亲的面，竟然号啕大哭了一场，倾泻了自己积压多时的孤寂之情。

倾泻归倾泻，孤寂还是存在。为了排遣孤寂，我想试着寻找办法——测量里程。这是一个我自认为最好的办法。先用尺子测出自己脚步的长度，然后再记下15公里山路全程走出的脚步数，累计起来，就可算出全程的具体长度。今日回望，或许会把这种行动视为儿戏，但在当时，我还是名副其实的少年，正是"心事当拿云"的时候，完全可以做出这番"初生牛犊式"的举动。一次出发之前，我趁父亲下乡的空隙，独自在宿舍丈量了自己的脚步长度。出发那一天，从踏上县城河滩开始，就用心记录自己的脚步数。即使乘坐渡船的时段不计步数，上岸后仍然不忘继续数步。记录了五六公里，沿途有人穿梭，有声音干扰，我不受影响。可是，走上渺无人迹的旷野，我记录的脚步数却出现了混乱。应该是记忆力的原因，已走过的脚步总数具体多少，已经模糊不清了。这一来，无异于"行船遇到了顶头风"，无论如何费力回忆，也恢复不了了。记忆中这条山路的实际距离，成了我头脑中永远无解的一个谜团。

谁知"失之东隅，收之桑榆"，步量路程的梦想虽然泡汤，我在15公里山路上却收获了独特的感悟。通过亲身体验，我懂得了"走路不怕慢，只怕暂（方言，指站或停的意思）"的谚语，懂得了，山路崎岖，常常让人望而却步，然而，只要不畏缩，不放弃，不停步，紧走慢行，总能抵达心中的驿站，到达胜利的终点。

三

后来升入高中，我在这条山路上出现的频率越来越高，几乎到了任意通行的程度。因为我已长大成人，不但有自己的主张，而且有克服困难、战胜艰险的体力，所以，自然界的险阻丝毫不能阻挡我的脚步。

应该是1965年的冬天，接连几天的大雪刚刚停息，我打算回家拿粮食和钱。我们住校生自带米、菜，学校帮助蒸饭，下饭菜则是家长腌制，或者另外购买。实际上，拿粮拿钱纯是借口，想家才是本质。

进入冬季，加上下雪，学校改变了两周一休的规定，有意不让乡下同学回家，以防发生意外。看见雪停了，天气渐晴，我试着向班主任请假，不料班主任很轻易地批准了我的要求。于是，当日吃过午饭，我立即出发，一路都是连走带跑，的的确确归心似箭。不似箭还不行，我必须抢在天黑之前走进家乡的小镇，心里才会感到踏实。

下雪的日子，旷野尤其寒冷，血气方刚的我，并没有丝毫怯

022

懦，反倒把这次雪地赶路当成了欣赏雪景的难得机遇。之前多次赏雪景基本上都是"坐井观天"，全都是有限的雪天景致。这一回，在雪地里疾走15公里，不仅有足够的时间观赏所经路途的雪景，还能放眼四望，看到许多远处的雪景。雪地里，漫天皆白，没有大树与灌木的高低，城市与乡村没有显著的差别。白茫茫的一片，大地真干净。这次所见，给我留下了良好的印象，随后被老师选为范文的一篇作文，开篇描写雪景，就源自这次经历。这是后话。

当下的我，仍在雪地赶路，家乡的小河，挡住了我的归路。这里是镇北头的渡口，没有渡船，也没有木桥，冰冷的河水，在"龇牙咧嘴"的冰块间无声流淌。夜色开始降临，我必须当机立断。迟疑之间，我才感觉到脚下的解放鞋已经湿透，里面的棉袜也如结冰一般。但是，我不忍心穿着鞋袜蹚冰河，还是本能地先脱鞋再脱袜，然后光着脚丫踏入冰河。寒冬里光着脚丫蹚冰河的感觉，的确让人刻骨铭心，尤其是入水的时刻，真好似踏上刀锋一般，令人毛骨悚然，全身神经瞬间绷紧，紧接着刻骨的寒冷从脚底涌起，直透骨髓。这一幕让我受益至今，给我勇气，让我坚强，让我不畏艰难险阻，不畏严寒酷暑，勇往直前，永不退缩。即使如今疾病缠身，依然能够执着前行。

冰天雪地不辞难，夜走山路却不易！茫茫夜色中，不辨走向，不明路径，仿佛置身深山老林荒漠戈壁一般，让人忐忑不安，心生惶恐。那是修建焦作—柳州铁路最紧张的日子，在省城工作的我回到老家探亲，恰好遇上弟弟和同伴们去县城乘火车去谷城工地。为了能与弟弟多相处一会儿，我主动提出陪弟弟去县城上火车。去县城15公里路，还必须当日返回。尽管如此，我仍乐此不疲，毫无倦意。

修建铁路，实行的是军事化管理方式。修路民工开赴工地，是按照规定，集体乘坐火车，而且还是"闷罐"火车，享受军人待遇。然而，返回的过程中，却出现了意想不到的周折。

当时，我在县城火车站的货场，送弟弟登上他们乘坐的闷罐子车厢。夕阳已把县城的高楼大厦涂成了金黄，时间的确已晚！在弟弟

曾经的桑树桥年久失修成了危桥（易家镜摄）

　　游子热恋故乡，推动桑树大桥重建。国庆 60 周年前夕，重建的桑树大桥竣工（资料图）

的再三催促下，我踏上了回程路。真的是时间不等人！走过河德桥，天已全黑，山地的道路又如谜团一般，让人无法辨认，完全凭着感觉走。足迹踏过的地方，可见白色，就能通过。好不容易走到了夏家塆，前面就是熟路了，心里踏实多了。可是，没等到走出夏家塆地界，我却像喝了迷魂汤似的，走不出黑夜布下的迷魂阵。夏家塆前，是一片田畈。当时正值蓄水准备插秧的日子，每块田都有水，沉沉夜色中，路与田浑然一体，实难分辨，方向感也荡然无存。我努力辨认着，走了几次，总走不出这块迷魂阵！浑身禁不住冒出了冷汗。难道今晚我要在这水田间不停地转悠下去，等待恶魔将我吞噬？我不能坐以待毙，必须寻找生路。果真是"只要思想不滑坡，办法总比困难多"！我横下心来，退出田畈，退回夏家塆，仔细辨认方向，看清路径，再起步前行。这回，我终于破解了这个让我恐慌的谜团！我首先辨明方向，然后再选择路径。因为水田茫茫，稍有不慎，就会陷入其中，不能掉以轻心。我一边谨慎地行进，一边不忘辨识方向。终于，黑夜不负赶路人！还是那片水田，还是那条路径，这一次，我突围成功，平安通过了水汪汪的夏家塆田畈，继续只身摸黑走山路。

行万里路，如读万卷书。谜团般通往县城的山路，伴我走过了我的童年，走过了我的少年，也走过了我的青年。累计在这条路上的行程，恐怕不会少于万里。这条山路给我的体验与感悟，不但帮我加深了对书本知识的理解，而且，也让我收获了书本上未曾读到的知识点。15公里山路，实际上如同我的巨幅影像带，记录了我四代亲人百年跋涉的足迹，是我的特别训练场，训练了我的体力，磨炼了我的意志，是我的别样风景线。我在这里看到了岁月的变换，看到了时光的流转，也看到了家乡的变化。曾经抄近路走过的凹地，由于修筑了水库而改道；曾经可以眺望县城的岗地，筑起了城墙般的排灌渠，把府河的河水引入农家；那摇摇欲坠的石板桥，也改造成了县际公路的水泥桥；阻碍了乡亲们通行多少年的府河漳河，如今都架起了亮丽的大桥。

谜样的端阳节

现如今，端午已成为全国的一个统一节日，并且有法定假期。可是，在我的记忆中，家乡的端午明显地不同于现在。

家乡的端午，在乡亲们口中，统称为"端阳"，而且有大小之分。农历五月初五，为小端阳，随后的农历5月15日，为大端阳。乡亲们普遍重"大"不重"小"，注重过大端阳，小端阳近乎不闻不问。至于为何重视大端阳，应该是有可信缘由的。只是缺乏传承，遗憾地留给了我们后人一个未解之谜。

其实，对大端阳的重视，主要表现在女性。当年也有时尚。端午节流行的时尚，排第一的，就是"竞赛"栀子花了。小伢们（湖北方言，指孩子们）不知道今日是何日？只要看到女性头上插起了栀子花，就会知道今日该是大端阳了。栀子花绽放于秀发间，这是家乡大端阳的一个鲜明标志。一花引来百花艳。忽然间，村垸集镇，田间地头，到处可见栀子花在女性的头顶上绽放。和风携着沁人的芬芳，走亲访友，笑语欢歌。

与栀子花相伴的，还有门前的艾叶香，家宴上的雄黄酒味，美食黄焖鳝鱼的本土气……多种色香味伴着古朴的民风，在端阳节这天，汇集于三县交界的故乡。而尤为出彩的，则是新衣服。所谓的新衣服，其实是不常穿的衣服，平时存放在家，只有过节或做客才拿出来装"面子"，颇似现在的"显摆"一类行为。乡亲们也的确称这类现象为"摆端阳"。其实，对憨厚淳朴的乡民而言，并无炫耀或展示的必要，能够顺其自然地外出走动，便是一个极好的节令。这一天，正是我们小镇的集市，十里八乡的男女老少，陆续都来赶集，购物的、逛街的、看风景的……各有所需，蜂拥而至。街上熙熙攘攘，人气火爆，空气中布满了栀子花的扑鼻芬芳。摆端阳成了家乡一道独特的风景。

摆端阳最有吸引力的内容，应该要数看戏。乡民们把唱戏和看戏混为一谈，主宾不分，常把看人唱戏与演员演戏统称为唱戏。乡民们聚集在一起，不动声色地展示着自身的着装，交流着零星的信息，呼吸着栀子花的芬芳。唱戏的时间，成了摆端阳的最好时光。

端午的戏不是固定的，因为唱戏的队伍有流动。尤其是那些远道来的演出队伍，就需要售票。我看过据说是河南来的戏班子，演出《打焦赞》。演员脸涂黑白红三色油彩，身穿铠甲，手执兵器，威风凛凛，喝腔高亢，震耳欲聋，遗憾的是基本听不懂。大人说这是河南梆子，很吸引人！年少的我虽然听不清唱腔，看不懂剧情，但也觉得心灵震撼。由此，花脸焦赞与河南梆子扎根于我的脑海。长大后我参军入伍，在河南多地驻防，有机会了解到河南戏曲的许多信息，自此茅塞顿开。当年在家乡看到的河南梆子，或许是一个代名词。河南的地方戏曲，由于地域不同，门派不同，名目多种多样，但在外人眼中，都是一个样。所以"河南梆子"，其实是我的父老乡亲们对河南戏的一种统称，也是一种戏称。这也是家乡摆端阳留在我脑海中的记忆。

端午的戏，最火爆的场景应数本地戏。端午有戏看，全乡老少笑开颜，三亲六眷大团圆。印象最深的是，那年县剧团跋涉 30 多里山路，专程到我们家乡进行端午节慰问演出。舞台搭在小镇的杨林园子，为了方便乡亲们看戏，有关生产队事先对园地进行了修整。县剧团唱的是楚剧，都是乡亲们喜闻乐见的剧目，如《十八相送》《劈山救母》《庵堂认母》等，多为折子戏，都大受欢迎。日场连夜场，接连演了几天，人气居高不下，如同气温一样。老天爷也体谅民情，连续几天都是笑脸，护佑乡亲们安心看戏，尽兴摆端阳。

此时的杨林园子，的确是摆端阳的好场地。在观众聚集的周边，是各色各样的摊贩，全是叫卖生活品的小摊位，其中给我印象最深的要数卖粽子的。虽说粽子是端阳节的时令美食，但在我们家乡并不太流行，鲜见有人家动手包粽子，或许与技术有关。感谢杨林园子的摆端阳场面，让年少的我走近粽子。

那天，街南头粽子店的老板，把摊子摆到了杨林园子的观众席旁边。粽叶的清香，随着阵阵和风，飘向密密麻麻的观众席。寻香而来，我找到了飘着粽香的美食摊位。摊位是一副担子，一边是烧着炭的小炉子，上面架有小锅，一边是做好的粽子和备用水及火炭。铁锅里的水正在翻腾，菱形的粽子挤满了水面。有人正在津津有味地吃着粽子。粽子是用一片粽叶包成的，带三个尖角约有一只鸡蛋大小。打开的粽子，如菱角状，熟透的糯米喷喷香，十分诱人。遗憾的是，我只能看，不能吃，因为我身无分文。

杨林园子的粽子我虽然没吃着，家乡当年摆端阳的景象却深深烙进了我的脑海。家乡的粽子，不同于他乡的粽子，尤其不同于如今超市那些各色各样的华丽粽子。家乡的端阳，也有着特别的色彩与习俗，让闯荡四方的游子念念不忘。

南乡白萝卜

　　家乡多姿多彩，家乡的萝卜亦是如此。不仅有明黄色的胡萝卜，还有红皮的红萝卜，紫色的紫萝卜。而在多种色彩的萝卜中，最声名远播的，恰恰是看起来最不起眼的圆形白萝卜。

　　家乡的白萝卜，形体如苹果，大小也差不多，但形圆的程度，可胜过苹果，几近儿童玩具小皮球大小。

　　我们家乡不产苹果，也没有人家种植苹果树，大概与圆形白萝卜"霸位"有关系。白萝卜就是乡亲们心中最可口最便利的水果。白萝卜与萝卜叶连接的部分，呈草绿色，绿色向下蔓延，渐渐淡化，呈淡绿、绿白、全白色。脆生生的，吃到嘴里甜滋滋，做出菜来香喷喷。口渴了，在田里头拔出一棵正生长的白萝卜，抖掉土末，拨开表皮就能吃。水分足，味道甜，是后来才见到的汽水、矿泉水之类的饮料不可比拟的，称得上是绿色食品，纯天然，无添加。

　　其实，用白萝卜作为饮品解渴，只是一种自发式行为，常用于应急，或调节胃口。如何真正加工成饮品，还有待研发。

　　而今，家乡白萝卜的功绩，主要在于"果腹"——作为食物填肚子。新鲜的做成萝卜条、萝卜片、萝卜圆子，晒干了还可以做成腌萝卜。除此之外，还有一种做法——压萝卜。把成堆的新鲜白萝卜，用水洗净，装入有盐水的大缸中，压上石头，浸泡一段日子，用于食用。这时候，白萝卜如同涅槃一般，除了形体无异，事实上已成了另外一种美食——压萝卜，就是被压在盐水中腌了数日的萝卜。压萝卜不但能充饥，还可以调节胃口，无论大人还是小孩，想吃了就去拿，老少皆宜，多少随心。口碑好评度，力压大批同类食品。

家乡的圆形白萝卜，极显特别，令人留念。人们无法解码它的奥秘，却给热心者提供了自由驰骋的话题。于是，有了白萝卜乃是得益于诗仙李白引进的传说。据传因为李白"酒隐安陆，蹉跎十年"带来了圆形的白萝卜，使之在安陆扎根繁衍；又因他招来各方友人，饮酒吟诗，共品圆形萝卜美味，致使安陆白萝卜声名远播。传说为之增添了神秘的色彩，安陆白萝卜是实实在在的水土造化。安陆地处平原与山脉的接合处，圆形白萝卜的主产区——县城南部。这里的南部，被本地人习惯称为"南乡"，是属于汉水水系的府河的冲积带，土地肥沃松软，水分充足，最适合白萝卜生长。这才是圆形白萝卜独享的地理资源。

我对家乡白萝卜的感情，紧紧地连着一件遥远却难忘的往事。

那是 20 世纪 60 年代初一个秋季的早晨，我独自去给在家乡河对岸自垦滩地薅草的祖母送饭。也许是时间还早，一路不见行人。正在我走下陡峭的河坡，准备脱鞋赤脚蹚水之际，见有一位中年汉子从河中出水上坡了。男子挑着满满一担白萝卜，十分吃力。见到我手上竹篓子中有食物，立即停下了脚步，低声地向我讨要吃食。那是粮食紧张的年月，汉子应该是从最适宜种白萝卜的夹河洲出来的，一定没吃食物出了门，挑着沉沉一担白萝卜跋涉了 20 多里路程，早已饥肠辘辘了。然而，汉子似乎没有把充饥的目标放在自己挑着的白萝卜上面，或者不忍心吃掉可以卖钱的白萝卜。正在饥饿难耐的时刻，意外遇上了我这个提有食物的"小兄弟"。于是以近似哀求的口气，央求我给他点食物吃。我确实提着食物，但我的食物也是有限的，一中碗米饭，一小碗白花菜拌面粉煎成的菜粑，外加一点咸菜。汉子的饥饿表情深深触动了我，他哀求的语气更使我无法拒绝。我只好把菜粑分了一大半给他，让他聊以充饥。显然这点菜粑饱不了饿肚，充其量只能减少一点饥饿感。汉子仍很感激，几乎一口全部填进了嘴里，然后对我一番"劳慰，劳慰（表达感谢的方言）"，继续爬坡前行。

60年过去了，当年家乡陡峭的河坡早已被公路桥覆盖，用担子挑白萝卜的身影已经鲜见。可是，挑着白萝卜爬坡的情景总在我眼际，不曾消失。即使饥肠辘辘，肩挑满担白萝卜的人，也不舍得吃点萝卜充饥。家乡的白萝卜，把勤劳肯干的农民形象，深深扎根于我的心灵。

现在，家乡的白萝卜，被冠名为"南乡萝卜"，成为我国国家地理标志产品之一。南乡萝卜的文化底蕴，也层出不穷。由此还衍生出"西施奶萝卜"之类时尚的雅号。还有人说，南乡萝卜当年曾作为"贡品"，上贡朝廷，供天子享用过。也有人改编，演义成"南乡萝卜进了城，城里的药铺要关门"的谚语。即使身在千里之外，一听见"南乡萝卜"这个名称，人们就会联想到"西施奶萝卜"的雅号，就仿佛能闻得到阵阵奶香，享受得到丝丝香甜；触摸到奶白似玉的萝卜肉，人们就恨不得大快朵颐，以此慰藉乡愁。

诱人的白花菜

家乡盛产一种平常而又稀罕的蔬菜，名叫白花菜。

民间传说此名得来与李白有关。唐代诗人李白"仗剑去国，辞亲远游"，来安陆娶当时已故的宰相许圉师的孙女成家，常腌制此菜佐酒，会友吟诗。于是，乡邻便将菜冠名为"白花菜"。此说无从印证，如同编撰谜语般，只在于能够吸引受众。但家乡的白花菜的确历史悠久，清朝康熙年间的《安陆县志》已有专门文字记载。

白花菜体形不大，复叶式。翠叶簇拥的菜梗举起朵朵洁白的小花，飘逸超然，由此得名。它生性喜阳光，爱温暖，耐干旱，主要生长于盛夏。它不择土，不占地，落种即可繁衍。风和日丽之时，放眼房前屋后，平畈坡地，那朵朵白花，摇曳于片片翠绿之中，如云，似雪，令人怡然。

虽是因花得名，但白花菜的精华并不在花而在梗。这就是家乡白花菜成为特产的资本。称为白花菜的蔬菜别处也有，甚至还牵强附会，推而广之，连整体如白花的花菜，也被冠名为白花菜。然而，鱼目岂能混珠？名称容易附会，而特质却截然不同。即使同种同类同模样的白花菜，也由于植根生长的水土不同，而有质的差异。"橘生淮南则为橘，生于淮北则为枳。"这个典故完全适用于白花菜！他乡水土长出的白花菜，一定没有红梗。红梗白花菜唯家乡独有。有同乡曾将家乡的红梗白花菜良种，带到省城的长江边沙地种植，长出了茎叶开出了白花，却唯独不见红梗，加工出来的白花菜滋味，也难比家乡的美味。这一实例颇令人费解，其中道理，需要行家里手，用心评析。

其实，300多年前，康熙年间《安陆县志》上就有权威评价安陆白花菜"香味绝胜，有红梗白梗，红梗尤美，他处皆不及，亦土性异也"。这倒让人想起了李白赞美安陆的《山中问答》："问余何意栖碧山，笑而不答心自闲。桃花流水窅然去，别有天地非人间。"白花菜与李白还真有相通之处，无怪人们把两者联系在一起。它作为湖北特产被载入新编《湖北地方志》，当之无愧。

童年多次听大人们讲到一件事。日本侵略者占领家乡时，对白花菜垂涎欲滴，就用猪血炒着吃，谁知不但味苦而且有腥臭，让人十分恼怒。其实这并非白花菜通晓人性，不愿摧眉折腰事鬼子，而是鬼子不知白花菜的正确食法。白花菜含有特殊的白花菜素，只能腌制，不能鲜炒。经腌制才有特别的香味。由此可见，入侵者要征服一个民族，在饮食文化上也非易事。

白花菜的腌制方法很简单。只要把盐味浸入就行，不必烹饪。头天腌好，隔夜即可食用。如果佐肉炒熟，不但味颇美，而且放凉了也可食用。因而，在过去的年代里，乡亲们外出谋生，或者求学，都会随身携带一些腌制好的白花菜，既可慰藉思乡之情，又可解决生活中的不便。从读初中一年级开始，我便离开家住在学校。每个星期天，都要从家里带上母亲精心腌制的一罐子白花菜去几十里外的学校。这就是我一个星期的菜肴。母亲是用心血和希望来腌制白花菜的。那时的生活物资匮乏，食油如黄金。母亲从全家人的定量中尽可能地挤出一些食油，并且变着法换成了更为稀罕的香油（小麻油），专门为我腌制白花菜。那菜料是专门挑选的红梗，又肥壮又鲜嫩；切制均匀，尺寸几乎一致。在香油的浸润中日见碧绿泛黄的菜梗，晶莹剔透，香气扑鼻。寒窗苦读的中学生活中，白花菜与我紧紧相伴，融入了血液。

现在的生活条件已不同于从前，白花菜却依然在家乡的土地上蓬蓬勃勃生长。这其中除了乡亲们对白花菜世世代代的情愫外，还归功于现代科学的发展。科研发现，白花菜有丰富的氨基酸含量，其磷、铁、钙等人体所需矿物质的含量甚至超过了某些名贵蔬菜。

白花菜从乡亲们的生活必需品，变成了调味品、滋补品。白花菜的加工，也由传统方式变成了现代方式。前些时，我竟在深圳发现了机械化生产的安陆白花菜罐头和真空包装产品，正与琳琅满目的"洋货"争夺顾客。

　　家乡的白花菜成了一种名副其实的土特产，远销四方，飘香大地。

明黄的胡萝卜

　　故乡的特色比比皆是。只不过，对于这方天地而言，大多数人早已习以为常，不觉有什么特别。例如胡萝卜、白萝卜之类的菜蔬，世世代代的乡里乡亲早已见怪不怪了，对它们的特别之处浑然不知。

　　事实上，故乡的胡萝卜极为普通，既没有妖娆的模样，也没有赫然的声誉，完完全全是乡土的一分子。有种植条件的人家，随意种植，之后任其生长，用不着花费多大工夫。甚至还有自生自长的胡萝卜，被称为野生胡萝卜。野生胡萝卜与农家种植的胡萝卜比较，地面上的叶子基本一模一样，不同之处在于根茎。根茎部分即萝卜，明显不同。"家生"胡萝卜的"本钱"——根茎粗壮，野生胡萝卜的"本钱"——根茎很弱很细，的确如人的手指头一般粗细。乡亲们对种植的胡萝卜的态度都很平常，对野生胡萝卜，更没有高看一眼的机会。即使生活艰难的日子，乡亲们也与野生胡萝卜"秋毫不犯"。

　　胡萝卜引人注目，还是在于名字。以前只是吃在嘴里、说在嘴上的胡萝卜，忽有一日，成了老师的教学课题。有一日，语文老师询问我们正读小学的全班同学，"胡萝卜"三个字怎么写呀？同学们以为很容易，纷纷举手回答。有答胡字头上戴草帽，叫"葫萝卜"的；有答胡字身边三点水，为"湖萝卜"的；还有的说，与胡老师的"胡"相同，写成"胡萝卜"就是了！这番话顿时引来哄堂大笑。老师咧了咧嘴，似乎想笑，但是却忍住了，反而询问该同学，为什么与老师的姓相同，应该是"胡萝卜"呢？该同学语塞，满脸通红！

老师见状，赶紧安慰这位同学，让他坐下。老师还表扬了该同学，说他回答得很对！胡萝卜，的确与老师的姓相同，就是同一个"胡"字！至于为什么，老师顿了顿，环顾全班，然后说：因为它来自国外。老师接着说，出产胡萝卜的外国，曾经是中国人印象中的异域胡地，所以，李时珍的《本草纲目》明确记载了它从胡地传来，味道像萝卜，于是得名"胡萝卜"。正是老师的这番话，驱散了同学们心头的迷雾，胡萝卜的形象渐渐变得清晰了。

我对家乡的胡萝卜另眼相看，始于我走出家乡后。"外面的世界很精彩，外面的世界很无奈。"我怎么也没有想到，普普通通的胡萝卜，竟然使走南闯北的我陷入了无奈。

那一天，身在异乡的我终于吃到了一碗熟悉的胡萝卜炖牛肉，这可是老家一道货真价实的佳肴啊！然而，我却感觉不到家乡的那种味道。因为城市买到的胡萝卜，又粗又长，而且是土红色，给人一种异样的感觉，特别缺乏家乡胡萝卜散发出来的那种香喷喷、甜滋滋的味道。家乡的胡萝卜外观不像他乡的胡萝卜粗壮，而是普遍显细短状，通体呈明黄色，晶莹得如水浸泡过一般，很吸引人眼球。

为了弥补游子的遗憾，我特地趁着有亲戚驾驶汽车回家之便，托其采购了一些家乡的胡萝卜。亲戚还超计划，为我带来了新加工的滑肉。滑肉也是家乡的一道特色佳肴，外看与小酥肉类似，只是制作方法有些不同，在乡亲们心目中的分量也更显不同。

现在该我大饱口福了。其实我于烹饪基本上是门外汉。好在经过部队的野营拉练，练出了男子汉野炊的能力，使本人学会了把生米做成熟饭，把生菜炒成熟菜。至于油盐酱醋如何调味，暂且不谈。这一次，又轮到我露一手了。我先用清水洗干净家乡生长的胡萝卜，胡萝卜顿显"真容"：光亮、晶莹、明黄，十分诱人。我聚精会神，把洗净的胡萝卜切成菱形块状，然后，再从容器中取出滑肉，稍微用清水冲洗，放入有汤的电火锅中。只等火锅中的汤烧开，随即陆续加入胡萝卜，再添加生姜、蒜头之类的配料。眼看胡萝卜渐渐地翻滚起来，藏身汤中的滑肉也争着露出了头。霎时间，电火锅热气腾腾，扑鼻的香气中，散发着家乡胡萝卜熟悉又诱人的喷香和甜蜜。

　　早有俗语可以形容鄙人此刻的心情——"告化子（即叫花子）等不得糍粑"！踮着脚盼望的我，似乎生出一种赴汤蹈火的勇气，急切地捞出了一块胡萝卜品尝。只见熟透了的胡萝卜已经不是晶莹状了，而是被滑肉油水浸泡，油光水滑。浅尝一口，色香味俱全，直钻心底，游子的乡情乡愁经此一番搅动，轮番涌了出来。

面树失踪之谜

"面树"一词，的确是说起来容易，写出来很难。因为面树这个名称，完全是我们的方言表达。为了文字书写准确，我查遍了工具书，也没有找到答案。只好按音取字，写成"面树"，便于叙述。

多少年了，我心灵深处一直生长着一棵面树。因为它，当我在鹏城深圳意外发现一棵野生的小面树时，兴奋不已，恨不得把它立刻带回千里之外的老家栽种。因为它，当我在祖先们曾经垦荒的府河之畔时，遇见四处生长的面树苗而浮想联翩。可是，我心灵深处的面树，却已消逝无踪，无法弥补。因为它身系着时代的风云，浸润着亲人的血汗。

这棵面树，生长在我家屋后的墙根。一夜之间，这棵面树竟然不翼而飞了。

那时，全县的壮劳力都集中到白兆山区找矿石，修炼大铁炉，炼钢铁去了。其中也有我母亲青春的身影。母亲随全乡主力大军一起，在统一指挥下，排着长队在山地行进。俗话说："龙头怎么摆，龙尾就怎么甩！"全乡的队伍如何行进，都听乡领导的号令。乡领导不停地大声呼叫着，干渴的喉咙都快冒烟了，仍然不停。不知是负责指挥的领导实在喊累了，还是前进的方向不明确，行进的队伍被通知原地休息。有令就行，有禁就止。众人闻讯，就地坐下，还有人倒头就睡起了觉。着实累了，白天黑夜，接连行军，根本没有专门的时间睡觉，连吃饭都是争分夺秒，狼吞虎咽，真的如同打仗一般。现在终于听见原地休息的通知了，众人赶紧抢时间眯一会儿，管它是田埂还是道路，也不论地面是干还是湿，即使有石块硌腰，也不在乎。

排队疾走只是一个片段。大办钢铁的主场在高炉。白兆山区域，满山遍野都有小高炉，四处都有浓烟弥漫。夜色降临，只见炉火熊熊，场面热火朝天，倒也壮观。其实，民间早有传说，当年秦始皇在华夏大地赶山填海，拿着巨鞭朝白兆山猛抽一番，白兆山却纹丝不动。始皇气急败坏，厉声呵斥白兆山：没有用的东西，只能烧灰，后拂袖而去。大概是真的应了这个传说，古往今来，白兆山一直产石灰，却没有发现任何矿石。因而，在白兆山找矿石，炼钢铁，必然是如同流水上面刻花纹——白搭！

没有想不出来的办法！去白兆山找不到铁矿石，就到城镇乡村收集废铁，废铁无疑是炼钢铁的上好材料。那时，收集废铁都是一心为公，无偿行动。炼钢铁找不到铁矿石，就收集废铁。没有正规的炼钢燃料，就土法炮制，用树木充当。几乎一夜之间，我们小镇及周边村塆，长大成形的树木，似被狂风席卷一般，无影无踪。给初冬的乡村，平添几分肃杀气氛。

不知是什么原因，在一片"无边落木萧萧下"的氛围中，我家屋后的那棵面树却侥幸漏网。其实，这棵面树格外抢眼，本来长得高大粗壮，实为罕见，属小镇独木。面树不是景观树，也不名贵，既不开鲜花，也不结果实，浑身还有一种难闻的气味。但是，面树有着特别的价值。粗壮的主干，是做柜子的优质材料；枝条，可加工成有韧力的扁担；农具水车上的部件，非面树制作不可。只是面树长大成材极为不易。我家这棵面树长大，不知道耗费了家中大人们的多少心血与汗水啊！难道是负责砍树的人爱惜这棵独树，把它视为珍奇树木而刀下留情了？童年的我不免暗自庆幸。

民谚有言："一喜三忧，屁股翻兜。"我暗自高兴了没几天，有一天早上，却发现这棵面树突然不翼而飞了，只剩下一个白花花的树蔸子！眼前的情景让人意外。全家老少都很惋惜，却没有愤怒，更没有谴责。至今回想，我仍十分不解，不知自家面树的失踪之谜。也不知家中老人对失踪面树的态度，究竟是木然还是隐忍。实际上，独木面树遭遇砍伐的原因，大人们一定心知肚明。至于是谁在场，由谁操刀，都不重要了。况且，别人不是还留下了树蔸吗？这也是给主人留下了希望嘛！我们只盼望，留下的面树蔸子，能够快快长出新生的面树来！

果然，第二年，这棵刀口留下的面树蔸子，又长出了面树新枝。我对新枝充满了希望，每天都去浇水、施肥，发现对它不利的迹象，立即采取措施。我倾力护佑着新枝，祈愿它能茁壮成长，早日成材。

面树新枝似乎也解人意，不负主人，一天天向上。

可是，这根新枝，终究没有长大成材。我家后屋墙根的面树蔸子，不知什么时候，也被挖去了。我们小镇，彻底与面树告别。今天的年轻人，已不识面树模样，不知道独木面树的故事了。如同我们小镇，虽被冠名桑树店，年轻的人们，却没见过小镇的桑树一样。甚至连一些文化人，都把"桑树店"附会成了"三茅店"。

其实，被砍伐的这棵独木面树，仍然生长在我内心深处。因为写这篇文章，我咨询家乡行家，才知"面树"只是俗名，这里所选用的"面"字，只是因为音相似，并不能准确表达所指。正确的文字表述，实为"苦楝树"。原来如此！我家的苦楝树，虽早已失去，却一直苦苦连接着我对家乡的思恋，苦苦连接着我绵绵不绝的乡愁。

解谜六斗坵

我们的小镇，由于外圈有土围子与壕沟，外扩受到了限制。于是，后来迁入小镇的人家，或者因故思迁的围内户，就在壕沟外开辟地盘，逐步形成新的居住区。其中最具规模的，要数六斗坵了。

六斗坵原本是一方面积为六斗的水田。新起的居民区与此为邻，"六斗坵"便自然而然成了它的名字。

六斗坵居民区共有十余户人家，房屋分布四周，中央成为空地。周边由西绕北，有沟渠将田畈流来的积水导入原有的壕沟。因此，从西与北两方出入六斗坵居民区，有石板小桥通行。环水渠的宅后，有竹有树有花，曾经很长一段时间，成为小镇照相馆的天然背景。六斗坵也有街市，这里的街市与小镇已有的街市同步，只是分工略有不同。街市必然有街容，六斗坵的住户都称得上"门户相对"，分居四周，门朝中央，有如我们现在知道的客家围屋。但是，在此落户的人家并不同一，扩大住宅成为必需。好在众邻里约定俗成，各家扩展住宅不向前扩，只向后延伸。后来，向后扩没有了立足之地，只有把目光投转向壕沟，打木桩在壕沟上盖屋，颇似土家吊脚楼的模样。以至今日回首，不免让人怀疑，这些人家可能有土家族的基因。当然这是猜想！我曾在湘西凤凰古城，站在新修的吊脚楼上，还想起了我们小镇的类似情景。

时光匆匆流逝，往事在我脑海中镌刻下深深的痕迹，我对六斗坵的印象依然清晰，回忆在眼前徐徐展现开来。

一、翻身长工

最早的印象是一次聚会议事。当时我还是懵懂不更事的状态。不知是组织互助组，还是因为初级合作社，总之是为了组织农民。世代自耕自种的农民，开始向集体化道路迈步。互帮互助的合作方式，正式在农村推行。

推行新的生产方式，需要经历认识和接受的过程，这两个过程都需要带头人。翻身站起来的贫下中农，具有本能的热情和积极性，是最活跃的带头人。当时的活动是上级统一部署，各级分头发动，就地小型活动。我随母亲在六斗坵居民区参加了一次活动。这次活动的具体地点在一个冯姓人家的门前，大约十余个人。冯家堂屋有柜台，聚会在门口。众人随意围坐在一起，冯家对面的周姓大伯唱主角。周大伯举起右手捏成拳头，慷慨激昂地讲了许多话。讲的什么话，时隔六十多年，我已无印象。回想当年，年幼的我一定也没听懂。但是，周大伯握拳的情景，我一直难忘。他把分开着的五指，使劲收拢，又用力捏成拳头，用这种方式动员乡邻组织起来，开展生产，到场的乡邻呼应热烈，议论纷纷。这个场景把六斗坵和六斗坵的周大伯深深地印入了我的脑海，我对农村的许多印象都由此串联。之后我所见所闻的一系列农村活动，都连着这块被称为"六斗坵"的一隅之地，连着我心目中的贫下中农代表——周大伯。

周大伯热情公道，积极肯干，仗义执言，认真负责。没有人对他号令，没有人给他分配任务，一切都是他的自觉行为。每逢刮风下雨，总能看到他只身一人扛着铁锹，在田间地头巡查。发现情况自觉处理。有几回，六斗坵住地附近的小水库出现险情，周大伯独自上阵，排险固堤，保护了水库，保护了乡亲们的生命财产安全。大忙季节，抢割抢收，年岁最大的周大伯总是冲锋在前。他捆草头有技巧，样样都离不开他；运草头回稻场，他从不缺席，将草头堆码成垛，既有技巧，又肯下力气。堆码如果不齐不整就不好看，其中每一层铺得好不好直接关系上面各层。到了封顶阶段，关键是要把草垛封严实，不能让雨水进草垛。如果雨水进入草垛，日子一久，草垛内就会发热，粮食就会发芽，霉变。周大伯是堆草垛的行家，每回堆堆，更是责无旁贷。草垛上似乎总能见到周大伯忙碌的身影。从第一层，到高层，草垛该码多高，周大伯就是标杆。周大伯一直以农民带头人的形象扎根我的脑海。后来，小镇成立了生产大队，周大伯被推举为大队长，可是，当乡亲们称他为大队长时，周大伯却制止："莫瞎昂哈！（湖北方言，意为'别瞎说'）是副大队长。"其实，正队长，副队长，正副都是队长。但农民朴实憨厚，称呼也不愿随便！

周大伯在我脑海中的形象称得上是屹立不倒。周大伯去世多年后，年逾花甲的我，主动与卧病在床的母亲聊起了周大伯的情况，母亲这才给我透了底。周大伯实不姓周，本姓方，是远处一户地主家的长工。因六斗坵一户周家男主人病逝，经好心人牵线，方长工跳出地主家，进了周家门，当家做主了。母亲透底，也解开了我积压心底的有关周大伯的谜团。我的眼前立起了一个翻身农民的伟岸形象，他普通平凡，却自带亮光。他朴实勤劳，永远在奔忙之中。他身子矮小，其貌不扬，却在浩浩荡荡的农村大潮中巍然屹立，让我仰望！

二、当面检举

六斗坵也有激烈的场景，时间是电影《李双双》在我们家乡放映后不久。

那日，我们生产小队全体成员集中到六斗坵小区队长家门前开大会。成员集中开会是家常便饭。这次会议给我留下了难忘的印象，不是因为规模，而是因为事由，因为人物。事情起因是有人检举揭发，被检举人不是普通成员，而是我们大队的大队长。这位大队长既是全大队的行政领导，又是我们生产小队的成员，也参加我们小队的生产及分配，接受群众监督。

这个检举人不是别人，正是我的母亲。我家与大队长家紧邻。那是个夜色很暗的晚上，大队长独自一人悄悄地从北头挑了满满的一担粮食回家，正从我家门前经过，被堂屋中正要上前关门的我的母亲意外地看了个一清二楚。大概是电影《李双双》给了我母亲勇气。年轻的母亲，鼓起勇气向生产队长举报了此事。生产队长稍加思考，决定开一个成员大会。母亲当着众人的面，完整地讲述了大队长私自运粮的全过程。会场上的我却有些出乎意料，因为我毫不知情，难以相信大队长怎么如此贪婪。我有心去观察大队长的反应，发现他竟然出奇地镇定。大队长没有解释。不论母亲如何据理力争，这位大队长始终一口否认，不承认自己那天夜晚挑过粮食回家。会议这般僵持了一个多小时，毫无结果。与会成员没有一个人开口，主持会议的生产队长只好悻悻收场。

检举会后，大队长并不憎恨我的母亲，反而主动地亲近我们家。他的小儿子出生后，一直让我们家帮忙照看，连小孩摇篮都搬了过来，为我们家创造了一个学习雷锋、助人为乐的最佳机会。不仅如此，还让他家小孩，按我家兄妹的口吻，称我母亲为"大妈"，正应了歇后语"梁山寨里兄弟——不打不相识"。

三、新旧碰撞

六斗坵检举对峙的烽烟无果而终，新旧思想的交锋司空见惯。其中一幕，在当年只是乡亲们眼中的日常琐事，却在我年少的心田留下了深深的烙印。

事由是为田畈的劳动力送饭。虽然仍是人民公社，但已经没有食堂供饭了。农村大忙季节，为了抢时间干活，干活地点在离家远的田畈，就把各家的饭菜集中起来，派人专程送到田头。听到这个消息，青春萌动的我跃跃欲试。我也想做一个好少年，为辛勤劳动的乡亲们尽心尽力。

那天，几个年长的乡邻正在六斗坵小区议论，找谁去送饭为好。正赶巧我在场。众人议论许久，拿不定主意。劳动力都身负重任，在家的都是老弱病残，自顾不暇。我很有挺身而出的冲动，却缺乏胆量。不知是别人看出了我的心思，还是一种本能的表示，一位陈姓幺姑开口说话了："这可要靠得住的人去送哦，不能让那些半造子（湖北方言，即半大的男孩子）去搞！他们去搞不保险。"陈幺姑的告诫有道理。送饭菜无异于为火线输送弹药，假如半路发生意外，必然会影响田间劳动。但是我仍然幻想送饭的任务能够落到我的肩上。当然，这次重担与我无关，而是交给了一个比我稍大的小伙子去完成的。那已是个半大小伙，在我们中算得上是"瘸子里头拔将军"了。这个场景给我留下了深刻印象。它让我审视起劳动力在农村顶天立地的形象。尤其是遇到轻视，被人看作"半造子"瞧不起的时候，我的脑海总会浮现起这个场景。

六斗坵田地的种植情况，也折射出了六斗坵的变迁。在我的记忆中，六斗坵是一块面积为六斗的水田。从个体到集体，农村生产方式经历多次变化，而六斗坵基本是始终如一，除了种水稻，再无别的品种。

在农村实现大变化后，六斗坵也有了新景象。有一年夏天，我回到久别的家乡，第一次在六斗坵看见了满塘荷叶。"莲叶何田田，鱼戏莲叶间"，微风中，阵阵荷香在故乡的空气中弥漫。这可是前所未有的事情，令人陶醉。邻居告诉我，现在分田到户，各家自由种植，什么农作物有市场就种植什么，自己的责任田适合种什么农作物就种什么。六斗坵的荷叶，也系着农村的时代风云，折射出家乡的变化。

田田荷叶间，深藏一泉眼

第二辑

故乡寻红

小 引

　　故乡的红土地，浸透了先烈的热血。故乡的山山水水，彰显着可歌可泣的红色精神。"革命代代如潮涌，前赴后继跟党走。"红色的交响乐，在故乡的热土上，此起彼伏，威武雄壮，激越铿锵，世代传扬。

大堰角枪声

由故乡的小镇向西，在一片毗邻京山县域的田野中，有一个不大的自然村——大堰角。

从我懂事起，就知道大堰角这个村名。因为十里八乡的人们，到小镇赶集购物，都会找一处熟悉的人家落脚。大堰角的村民之所以落脚我家，是经左邻右舍引荐，还是我家老人乐于方便他人，我没查询缘由，也用不着查询，因为全镇人家大多如此，没人落脚反倒显得冷清。由此，我知道了大堰角这个村子，也认识了一些大堰角人士。

让我加深了对大堰角的了解的，是20世纪60年代的一次革命传统教育。那次，县里举办的版画展览来到我们镇上，其中有内容讲到了抗日战争期间，大堰角响起枪声一事。这件事强烈地吸引了我！为此，我特意找机会，主动地向大堰角来赶集的人们探问起枪声的详细情况。我刚提起话头，大堰角人便异口同声地讲开了。

他们不约而同讲到了一名叫"杨威"的战士。当时还是小学生的我迫切地希望能多听到关于杨威的情况。众人齐推一个上了岁数的伯伯来介绍。伯伯也不推辞，滔滔不绝地从杨威的本名讲起。

杨威，本名叫欧阳英，1921年10月生于当时的湖北省襄阳县欧庙镇的一个读书人家庭。17岁那年，欧阳英加入中国共产党。第二年，被中共党组织派到了河南确山的竹沟镇学习，有幸见到了众人仰慕的陈少敏大姐。被陈大姐的威望与魅力感染，欧阳英决心要以大姐为榜样，做一名坚定的共产党人，并且将自己的名字改为"杨威"，立志"让青春为祖国扬威"。

1939 年 6 月，杨威等人跟随陈少敏挺进鄂中，来到安陆，发动群众，组织抗日武装，与敌对势力做斗争。1940 年春，杨威调到中共京（山）安（陆）县委工作。当时京山与安陆的接壤地带，是豫鄂边区抗日根据地党政首脑机关所在地，是日伪军事进攻的重点。先后有多名共产党的基层干部惨遭杀害。杨威不惧个人安危，迎难而上，积极开展工作。她经常和群众一起，挑着大米、猪肉、鸡、鸭、鞋子，到白兆山慰劳新四军豫鄂挺进纵队。1941 年夏季，中共京安县委委员、妇女工作部部长杨威，带队来到我们桑树店地区开展工作。

话题距大堰角越来越近了。那年中秋之夜，杨威同中共桑树店区委书记欧阳辉一起，踏着月光，漫步田头，交流工作，毫无倦意。激动之中，杨威情不自禁地创作了《黄莺之歌》。杨威把桑树店地区视为自己可爱的故乡，用黄莺的歌唱，抒发抗日战士对家乡的眷恋之情。考虑到杨威次日要去大堰角召开骨干会，二人约定，开完会，再来此地相会。

次日，杨威在大堰角的会议开到半夜，返回原地已来不及了。杨威同与会的 10 余人，留宿大堰角。

当晚敌军偷袭了大堰角。刚刚和衣躺下的杨威，听到外面传来急骤的犬吠声和杂乱的脚步声，还有凶恶的喊话声，判断遭遇了敌人偷袭。她果断地举起手枪，向外开了一枪。

枪声惊动了大堰角，也惊动了中秋的夜。最终，因寡不敌众，杨威不幸落入敌手。同时被抓的还有新区区委书记和一名干部，以及大堰角的房东及其他骨干，共 12 人。敌人连夜将杨威等 12 人押到罗家庙据点，严刑拷打。杨威等人大义凛然，坚贞不屈。敌人接连打断了两根又粗又实的木扁担，并撕破了杨威的衣服。杨威脸上、身上鲜血直流，仍不屈服，厉声痛斥敌人的罪恶行径，愤怒地踢倒了面前的日本旗。第二天上午，穷凶极恶的敌人，将杨威等人绑赴刑场。杨威视死如归，在刑场上再次痛斥敌人。敌人用"拌豆腐"的毒辣手段，乱刀将杨威活活刺死。同时遇害的还有两名革命干部。

中国共产党和人民群众永远不会遗忘烈士。11 年后，1962 年春，陈少敏特地从北京回到故地安陆，重新安葬了杨威烈士。墓碑上刻着"抗日战争时期烈士杨威同志之墓"。

大堰角乡亲的讲述，深深扎根于我的脑海。赓续红色基因，再谱新的篇章。1997 年 9 月，欧阳镇中学被命名为"杨威中学"，并在校园竖立起杨威烈士的汉白玉全身雕像。2015 年 8 月，中华人民共和国民政部公布了第二批 600 名著名抗日英烈和英雄群体名录，女英雄杨威之名就载入其中。

烈士远去，英名长存。大堰角的枪声，依然回荡在乡亲们的心头。家乡的红土地，随处可见杨威的英姿。先烈杨威永远屹立在人们心里，《黄莺之歌》永远回荡在田间地头。

血染柏树黄

在伟大的抗日战争中,军需供应起到了不可替代的作用。

许多年前,我在家乡亲眼见过一位身穿旧式长衣的大伯,说是接乡政府通知,专程来办什么事的。后来才听大人们说出了他办的事就是配合调查柏树黄惨案(又称"八八"惨案)。这位大伯,是柏树黄惨案中死里逃生的幸存者。

由此,我才知道我们家乡的东南向岗地,有一个名叫柏树黄的自然村。这个村落生长着很多引人注目的柏树,柏树下居住着的居民以黄姓居多。于是,两相结合,冠为村名——柏树黄。"柏树黄"这一名称在安陆与应城的交界地带,广为人知,在中国人民的抗日战争中,也写下了鲜红的篇章。那就是,1940年9月9日(农历八月初八)清晨,日寇偷袭了驻扎于垱中的新四军豫鄂挺进纵队(第五师前身)被服厂,制造了震惊鄂豫边区的"柏树黄惨案"。

后来,我离开家乡,又陆续听到些有关这个惨案的消息。特别是后来父亲郑重其事地告诉我,政府在柏树黄垱修了纪念碑,建立起用于革命教育的基地。这则资讯给我留下了极为深刻的印象。

在我们家乡多处抗战烈士纪念碑中,专门为新四军被服厂的烈士们修建的纪念碑,尤显特别。

这座烈士纪念碑的具体地址,在安陆市西南的桑树乡柏树黄村头的山冈上。这里地处漳河的东岸,与应城的杨家河隔河相望。

1939年6月6日,李先念在安陆赵家棚与陈少敏会师后,宣告成立新四军豫鄂独立游击支队。随着这支队伍的不断壮大,新四军在白兆山办起了自己的被服厂。这个被服厂很快发展壮大。部队番

抗日烈士纪念碑 （易千元摄）

号改为新四军豫鄂挺进纵队后，主力已达 1 万余人。作为纵队被服厂，它的任务就是为每人每年制作棉衣一套，单衣和衬衣各两件，绑腿一副，每个班棉大衣一件。这个被服厂为豫鄂边区新四军的发展，为敌后的抗日斗争胜利，做出了独特而卓越的贡献。

1940 年 5 月，日军集中重兵进攻鄂西北国民党正面战场。新四军豫鄂挺进纵队为配合正面战场作战，于 6 月、7 月先后两次在平坝地区重创日伪军，相继建立起鄂中各级抗日民主政权。横跨京山、安陆两县的中共京安县委、县抗日保安大队也分别成立。桑树乡柏树黄垮一带远离集镇，交通不便，利于隐蔽，成了新四军后勤机构的必选之地。

1940 年 6 月，纵队野战医院第一分院在这里成立。7 月 15 日，纵队被服厂也从白兆山转移到了柏树黄。尽管被服厂制作被服的任务重，大家仍然不忘帮助住地的老百姓做事。他们白天抽人帮老百姓干农活，晚上还要赶工做被服，常常干得很晚才睡觉。一个多月的时间，制作的被子军服堆满了几间屋子。

这时，日军已攻陷宜昌，派第 13 师团退守应城、安陆、京山。

他们寻机要给蓬勃的鄂中抗日势头以迎头打击。

9月初，驻应城日军头目从日伪宣抚班长陈仁杰的情报中，得知新四军被服厂驻扎柏树黄，顿时大喜，立即下令派兵偷袭。

9月8日（农历八月初八），日军一个30人的小队，和50人的伪保安中队，在陈仁杰的引导下，向柏树黄塆开进。为了避免中途生枝节，敌人傍晚赶到应城巡检司宿营，半夜再走。并且特意绕开京安县抗日武装活动的杨家河地带，不从这里抄近路过河，而是取远道向西到桑树店过漳河，然后转头沿漳河南下，直扑柏树黄塆而来。

农历八月初八清晨，柏树黄大雾弥漫，能见度很低。劳累了一天的军民正在沉睡中。担任警戒的被服厂饲养员到塆后水塘挑水饮马，发现了已经逼近的敌人，正要往回跑，被敌人一枪击中，不能站立。为了报告敌情，他忍着巨大的疼痛坚持向塆里爬去，边爬还边大喊："日本鬼子来了！日本鬼子来了！"凶恶的敌人扑了上去，硬是将他活活摔死。枪声和喊叫声被早起的媳妇卢氏听到。她想弄清楚情况，刚一伸头，就被敌人打死。这时塆里的人都惊醒过来，但是敌人已堵住了各家各户的前后门。随后，被服厂人员和全塆男女老幼，被驱赶到塆前的大水塘边集中。其中有5个人，当即被绑了起来。其他青壮年也被扣下，一起押到了塆头的土冈上，由日军、伪军分成几层，团团围住。

敌人开始对被绑的人逐个拷打刑讯，要他们交出新四军，交出被服厂。第一个是身着新四军军装的翟贵德。19岁的翟贵德是河南省方城县人，新婚第二天便告别妻子和父母，参加新四军，投身敌后抗日的行列。组织调他到纵队被服厂任指导员，事发前一天才到任。翟指导员到任后环视过柏树黄周边的地形，提出应该将被服厂转移至别处。因此，当晚转移了一部分人员和装备，余下的第二天再转移。不料，第二天，天还没亮，敌人偷袭了柏树黄！

面对敌人的毒打和逼讯，年轻的新四军指导员始终不吐一个字。敌人气急败坏，几次将他打得扑倒在地，他又坚持站立起来，怒视敌人。在翟贵德精神的激励下，被逼讯的人没有一个开口。气得日军头目嗷嗷直叫唤。

被绑的 5 个人面对着穷凶极恶的敌人，不屈不挠。敌人毫无所获，又不肯罢休。于是，出现了荷枪实弹的日本侵略者，面对手无寸铁的中国百姓无可奈何，双方近距离对峙的局面。这种局面从上午一直维持到下午，敌人毫无所获。然而，就在这时，有一个进入被服厂不久的年轻女工坚持不住了。最终，日寇搜出了隐藏着的手枪、机枪、被服和银元等。

当日军去搜索财物，只剩下伪军看守的时候，翟指导员抓住机会向伪军进行劝诫："日本侵略者是'兔子尾巴不会长'，你们不要充当帮凶，杀害自己的同胞！"伪军士兵们听了，纷纷低下了头，慢慢往后退去。搜索完的日军头目发现了这一情况，赶紧命令日本兵换下了伪军士兵，接着，开始了血腥的大屠杀。

首先遇害的是翟贵德，他被日本鬼子用刺刀活活捅死。接着是被服厂仅 20 岁的主任蒋德三，被连捅了四刀，倒在了翟贵德的身旁。被绑的人陆续被杀，其余的人趁乱四散而逃。日本鬼子岂肯放过，疯狂地进行追杀。这些无辜的青壮年，也一个个倒在了鬼子的枪口下。

正当敌人杀红了眼睛，传来了新四军豫鄂挺进纵队军需处处长率纵队警卫营从白兆山赶来营救的消息，敌人不得不结束这场大屠杀，仓皇逃向应城据点。逃走时，敌人带走了那个年轻女工和一个姓黄的农民、19 台缝纫机，还有枪械、银元，并放火焚烧了所有的被服衣物。

这次惨案，遇难军民 44 人。其中有被服厂指导员翟贵德等干部、战士 34 人，柏树黄垮群众 10 人。还有 7 人死里逃生，其中被服厂战士 3 人，群众 4 人。蒋德三因未被刺中要害而幸存。这场劫难，给柏树黄垮造成严重损失，外界传闻，柏树黄垮成了"寡妇村"。整个自然村的 25 户人家，有 2 户被杀绝，有 14 户丧失了主要劳动力。纵队也遭受了重大损失。被服厂全厂 70 余人死伤近半，所幸在事发前已有半数人员和设备转移到了其他地方。纵队的被服配发与更换，也因此陷入困难。尤其当时正值冬季，棉衣棉被暂时供给不足。被服厂所有人员振奋精神，夜以继日地工作，赶制被服，保障部队供给。被服厂后来不断发展壮大，在中华人民共和国成立后，成为武汉的一个著名的军工厂。

当天下午，新四军豫鄂挺进纵队警卫营和京安县大队，分别从几十里外的白兆山和京山赶到柏树黄塆，抢救受伤人员，慰问遇难者家属，安置牺牲的军民。事后不久，新四军逮捕了给抗战造成重大损失的杨喜姑，将她处决于京山大山头。

1958年8月，潜逃多年的伪宣抚班长陈仁杰，在湖北省麻城县城被柏树黄村民发现，随即被当地公安机关抓获。1960年，陈仁杰被应城县人民法院以汉奸罪判处死刑，在与安陆县柏树黄隔漳河相望的应城杨家河（街），执行枪决。出卖祖国和民族利益的败类，是绝无好下场的。

洒血第一人

军人的身份，决定了军人的使命。军人的使命，就是要保家卫国、勇敢无畏。

毫不夸张地说，军人参军报国，从应征报名那一刻起，实际上就下定了决心，时刻准备着，勇往直前，不惧流血牺牲。

当年正是抱着这样的决心，来自银杏之乡古县安陆的千名热血青年，雄赳赳气昂昂地走上了保国戍边的道路。与这时刻准备着的决心相伴的，还有许多可歌可泣的故事，以及令人铭心刻骨、终生难忘的情景。

前不久，有战友特意在微信群发出专帖，回忆当年他们所在的巡店区高店公社欢送新兵的情景，故事讲得绘声绘色、精彩纷呈、扣人心弦。据这位战友回忆，高店公社胡姚大队青年刘木庆，当年应征报名被录取后，全队乡亲十分高兴，纷纷上门慰问祝贺！所在生产队不但热情鼓励，而且特意送去整整一大扇猪肉表示慰问与嘉勉，据刘木庆当年叙述原话——差不多有"遍遍猪"（安陆方言，即一头猪从头到脚带尾的完整半边）。当时的猪肉，是计划物品，凭票供应并且限量。不谈"遍遍"猪肉需要多少肉票，即使有足够的肉票，也难保能够买到这么大量的猪肉。

高店公社欢送新兵的场面更显特色。为了营造热烈气氛，公社抽调了10多名猎手，在欢送会上集中鸣放土铳。土铳是当年农村看护庄稼和保护家园常用的一种工具，用来为新兵出征壮行，实属创新！由此可见，地处江汉平原涢水之滨的高店人，头脑与思路确实不同凡响。只听见，一声令下，"嗵——嗵——嗵——嗵"土铳争鸣，震耳欲聋，硝烟弥漫，的确有一种保家卫国的壮烈气氛！

高店公社的欢送故事，是全县父老乡亲欢送子弟兵磅礴交响乐的一章，也是这批热血青年在部队上演勇往直前的话剧的序幕。日后，有的在部队被选拔，成为人民空军的飞行员，驾驶战斗机直冲霄汉；有的在部队里茁壮成长，后来又走向更广阔的天地。大部分的人转换岗位后，不断奋进，有了一番轰轰烈烈的事业。他们中，胡姚青年刘木庆，首先留名青史，成了高店历史上不朽的"第一人"！

受到家乡父老乡亲厚爱的刘木庆，意气风发，雄心万丈。进入军营后，迅速地完成了从老百姓到军人的转型。他严格要求自己，学政治，学军事，学文化，还坚持利用空余时间做好事。新兵集训之后，同连的 52 名高店新兵，大多分配到红三团团部直属连队，尤以运输队与军人服务社占多。刘木庆却去了更需辛苦奔波、更考验磨炼人的担架队。担架队，实际上就是应急队，哪里需要往哪去，越是艰险越向前。进队即进阵地，即上岗位。刘木庆很快成了担当艰难险重任务的骨干。

1968 年 5 月 17 日，刘木庆和担架队的战友们，奉命从安阳运粪去位于黄河北岸滩地的军垦农场，支援农场夏种。

黄河滩地的军垦农场紧邻大赉店站（今为鹤壁站，位于河南省鹤壁市）。大赉店站是京广铁路上成立于 1904 年的一个四等小站，这里火车通过的多，停靠的寥寥，有利于军用。

黄河滩的军垦农场，地处豫北平原，颇有几分家乡高店的地形地貌，只是更为辽阔壮观。"四月南风大麦黄"，仲夏时节，麦浪金黄，直接远天，一派丰收景象。来自不同地方的新兵老兵，干起农活，个个都不显生疏，人人都不甘落后。怀揣初心的刘木庆和战友们，不顾所运肥料刺鼻难闻的气味，不顾路途的崎岖艰难，人不歇气，马不停蹄，按规定的时间，平安到达了目的地。人民战士，以完成任务为自己的神圣使命。肥料按时送达目的地，刘木庆和战友们浑身一直紧绷着的神经，终于等到了休息的时刻。

绷着的神经得到休息，人的感觉也灵敏起来。运肥的战友们这时都感到了口干舌燥。一路跋涉，大汗淋漓，储备的饮水早已用完，身体的水分也到了极限。常怀感恩之心的刘木庆，抢先提起一只铁桶，主动担当起去为战友们打茶水解渴的任务。

茶水供应的地方在农场营部，与卸载肥料的地点有段距离，中间还横亘着一排冷酷地板着无情面孔的钢铁股道，显得有些可望而不可即。铁路从历史深处走来，不可避免地附有历史的斑驳痕迹。当年的铁路，沿线都不设围。刘木庆面前的铁路，不仅没有设围，专供行人通过的铁道口，也没有栏杆，还铺着简陋的渡板。精干挺拔的刘木庆踏上了铁道口，正要迈步跨越铁路，发现有一列火车袭来，于是赶紧来了个急刹，停下了脚步。呼啸而过的列车，带来强烈的冲击力，刘木庆本能地往后退了退。

铁路是分有上下行走线的。有上行而来的列车，必然有下行而去的列车。巨轮滚滚，风险频频。此时此地，一场巨大的危机，正向刘木庆袭来！眼看面前的列车即将驶过，刘木庆做好准备，正要跨越铁道去打开水。背后的铁道上，却有一趟货物列车正从远处逆行而来！列车轰鸣，风驰电掣，瞬间就与刘木庆不期而遇。

"咣当"一声！这是挟有雷霆万钧之势的声音，这是魔鬼血口发出的吼叫。列车在战友们的万分忐忑中飞驰而去，把去提水的刘木庆重重地撞倒在了冰冷的股道间，也把一块无形的巨石，撞到了战友们的心坎上，撞到了胡姚父老乡亲们的头顶上。

战友们飞快地拥了上来！只见鲜红的血浆飞溅在铁轨道砟上，撞瘪的水桶被甩出好远。安陆新兵刘木庆，头破血流，面目模糊，倒在洒满鲜血的股道间。不等号令，战友们火速围了上来，安陆战友首当其冲。新老战友合力抢救，抢时间将受伤的战友刘木庆运离铁路，移到铁道外。与此同时，运输队战友驾驶着马车，火速将被撞的刘木庆运往就近的诊所抢救。

遗憾的是，死神极端残酷无情！安陆新兵高店骄子刘木庆，没来得及再看战友们一眼，没顾得上与战友们道一声别，就带着满满的抱负与憧憬，永远地离开了诞生于洪湖岸边的红军团，离开了同日进入军营的千名安陆战友，也永远地离开了许家沟里的营地。

回望来路，刘木庆从戴上红五星、红领章，到血洒京广铁路，还不满两个月的时间；从接到入伍通知书，到英勇献身，也不足三个月。他本来会有很长很长的人生旅程，本来会有光辉灿烂的耀眼足迹，却在执行部队任务的途中，在为战友们打开水的路上，因意外溘然长逝了！生命的指针，被无情地定格在 20 岁的刻度上！由此，刘木庆成了我们这批安陆新兵血染中原、埋骨黄河侧畔的第一人！这是个人的不幸，是部队的不幸，也是安陆千名新兵的不幸，是家庭的不幸，是父老乡亲的不幸。

噩耗在许家沟军营悄然传开，战友们深感痛心与惋惜。部队按照烈士规格，为刘木庆穿上崭新的 65 式军装，佩戴鲜红的领章、帽徽，隆重地安葬于安阳市烈士陵园，与红军团此前在山西长治执行任务而粉身碎骨，后被中央军委授予"无限忠于毛主席的好党员"光荣称号的应城籍老兵李全洲烈士，永远相伴。

刘木庆参军保国，血洒中原，献了青春献终身，芳华早逝，英名长存。高店村的战友们至今仍然清楚地记得刘木庆牺牲的日子——1968 年 5 月 17 日。1992 年出版的《安陆县志》，将刘木庆

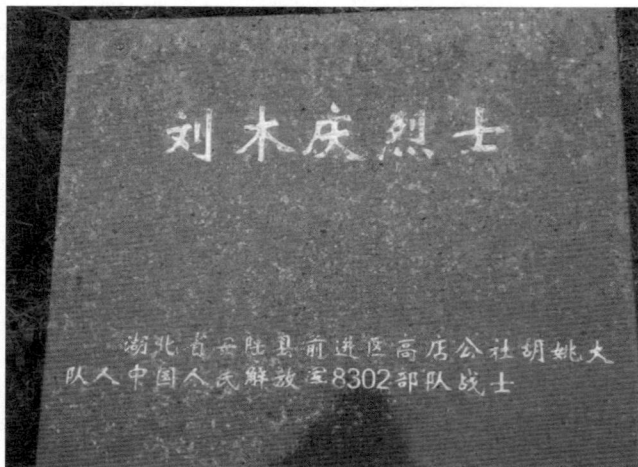

刘木庆烈士墓碑

载入烈士名册。"撤区并社"后，高店所在的辛榨乡政府，在高庙山新建烈士陵园，并在陵园为刘木庆修建了衣冠冢，与抗日烈士相伴。参军 50 周年之际，安陆 1968 年参军的老战友们，重聚于当年出发的县城，共同怀念埋骨中原的战友。大家委派代表，不辞劳苦，重访安阳许家沟老营地，并专程赴安阳烈士陵园，祭扫长眠于此的战友刘木庆。

"英烈入仙境，初心留人间。"战友刘木庆，你尽忠报国的赤诚精神，就像奔流不息的滔滔涢水，日夜不停，代代相传；你英姿勃发的青春形象，就像巍然屹立的莽莽碧山，雄姿英发，可歌可泣。你永远笑傲在故乡的山水间，长存于安陆的青史中。

不朽的刘木庆，安息吧！

2022.4.22 写于深圳

为民勇献身

因为应征入伍，我有幸成为军人；因为当了军人，我结识了众多的战友；众多战友中，最令人难忘的是浠水老兵，是同批入伍的千名安陆子弟；想到安陆子弟，就必然想到同乡润生。

润生姓张。记忆中的润生，是那样年轻、憨厚，他个子偏矮，寡言少语，与人相处，自带几分拘谨。

1967年年底，全县开展了征兵动员，说新的兵役制正式实行，征兵进入了新阶段。当时，一位黄冈口音、声音悦耳的军人，雄赳赳气昂昂地步入我们公社所在的桑树店，全程参加征兵工作，令我印象深刻。工作很周密，很细致，进村入户，走遍了全乡的每个大队，每个村塆，风雨无阻，夜以继日。适龄青年闻风而动，争先恐后，勇敢地站出来，接受国家挑选，扛枪戍边，保国为民。

忽有一天，桑树镇上爆出一则大消息，说有兄弟俩写了血书，报名应征！公社将血书张贴在镇上正中的闹市处，激励众人，鼓励应征。闻讯，我来到现场，实地观看。只见大张白纸上，用血写满了铿锵文字。落款处，名字上盖着鲜红的手印。字里行间，也滴有斑斑血迹。

那是我平生第一次亲眼见到血书，顿时有种惊怵感，少顷，又浑身涌起了暖流。我油然扬起了头颅，抬眼凝望如火燃烧般的血书，久久不肯离开。这张氏兄弟是何等的决心，何等的气魄啊！发誓参军保国，甘洒热血写春秋！

进一步打听才清楚，这张氏兄弟，哥哥与我是小学同班，弟弟似乎曾名幼生，应该是兄弟姐妹中最年幼的了。

根据后来应征的结果，我们公社共录取了15人，按当时用名，分别是李兵庆、程忙生、胡厚国、卢孝清、张润生、周冬苟、申明勇、张旺苟、程贵生、程花子、董柏生、何炎庆、蒋俭苟、叶贵宝、汪瑞宁。其中的张润生，就是写血书的张氏兄弟中的弟弟。哥哥则留守家园。

1968年3月6日上午，公社召开大会，为我们送行。本人受委派，代表15名被征召的热血青年发言。随即，我们开赴区政府所在地巡店区换装。第二天，在安陆一中，我们的母校，全县998名新兵齐聚，巡店区175名新兵第一次集结。次日，近千名安陆子弟，正式辞亲远行，浩浩荡荡，踏上了从军保国的征程，开赴心目中的边防前线。几天之内，我们已步行超过百里，成了名副其实的步兵！

军列没有去边境，而是进入了太行山沟。我们服役的部队，是中国人民解放军陆军第一军第一师第三团。这支诞生于洪湖岸边的红军部队，当时驻扎在太行山的许家沟。"革命战士一块砖，哪里需要往哪搬！"新兵连集中训练近一个月后，全体安陆子弟统一"搬"进了全团各个连队。我们公社15名兵，几乎每人都"搬"进了一个连队。我这时才知道，去我们家乡接兵的黄冈口音军人，就是浠水县的王班长，我被他一直带到了重炮连。

如同后来看到的国家新建的第二汽车制造厂厂区布局，我们在许家沟的营地，呈条形状分布于太行山山沟，我们完全不知道彼此的去向，集中起来十分不易，更没有机会串门。润生去了哪个连队，我毫无信息。其他桑树同乡，大多如此。

部队从太行山沟移防到安阳城区，又移防到与山西交界的豫西博爱县境。当时焦作至枝城的铁路刚刚动工建设，我们连队在铁路工程设计机构的巨大柿子树下，设立了一个岗哨。

到了柿子红了的时节，某天，离我们哨位百米以外，正举行一个群众大会，大批全副武装的部队出席，还有许多地方人员入场。我在哨位旁观，会场气氛隆重庄严，秩序井然。只是会议内容全然不知，事后连队也没传达。没有传达，我们也就不打听，这是军人应该遵守的纪律。

又到了退伍季，我在还乡的火车上，意外地见到了一位同公社的战友。他乡遇故知的感觉，兴奋又激动。毕竟是军队锻炼出来的人，而且正在青春期，多少有点不知愁滋味。我们的对话里，没有儿女情长，没有回乡后的打算，也不关心退伍费多少，聊的都是部队生活，聊的都是急于想说的话语。这时我才从同乡战友的嘴里，听到了关于润生的令人震惊的消息！

部队驻扎博爱县期间，有一日，润生他们驻地村民急切地呼喊救援，曾写血书的桑树店子弟张润生，闻声而动，立即赶赴现场。原来，有一头牲猪掉到了一个很深的粪窖之中。润生见状，毫不犹豫，奋身下窖去救牲猪。可是，这个粪窖，超出了人们的预期，封闭严密，深度莫测，弥漫着毒气（疑似沼气窖）。下去的解放军战士张润生没有回来，又有铁路巡道工和附近的农民相继进入。结果，年轻的红军团战士张润生，和一位巡道工、一位农民组成的这个名副其实的"工农兵"抢救小组，为了抢救老百姓的财物，献出了自己宝贵的生命！这名血书应征入伍的桑树店子弟，为了人民财产，献了青春献终身，把自己的生命定格在了他17岁的高光时刻！

张润生的崇高精神，感动了博爱县人民，感动了红三团。博爱县人民武装部特别授予红三团的张润生"爱民模范"称号。原来，当年我在哨位看见的，在九府坟举行的军民大会，就是专为此事而办。

润生的英勇牺牲，让我们活着的战友心里感到难过。润生受到政府的嘉勉，为我们安陆战友，为我们红三团增光添彩。回到家乡后，我们特地登门凭吊了长眠的润生，看望了当年手写血书的润生兄长。润生用自己的实际行动，践行了他当年的血书誓言，向党和人民，向人民军队，尽心尽力做了交代。

多年以后，通过安陆新编的县志，我们看到，同批参军的安陆子弟，有多名在部队牺牲，其中数人名列安陆县志烈士名录。我们桑树店籍军人张润生，被载入了烈士名录显眼的位置。每逢战友见面，我们总会怀念长眠于博爱烈士陵园的润生，总会想起他年轻朴实的形象。故乡的山山水水，无时无刻不深深地怀念着生长于斯的润生，铭记着张氏兄弟手写血书，立志保国为民的情景。

三代同追梦

"人生天地间，忽如远行客。"每个人的远行足迹，难免有不同。然而在我们家庭却不尽然。父亲和我，以及我儿子，爷孙三代有着一行相同的远行足迹，相互连贯，坚定不移，追逐着共同的美丽梦想。

我父亲的追梦足迹，起始于1947年这个冬天，中国共产党领导的刘邓大军解放了我们家乡——湖北省京山、安陆、应城相连的桑树店。年轻的父亲，一个在以前被人瞧不起的佃农之子，被乡亲们推选为本村（镇）农民协会的副主席，由此开始跟随共产党，踏上了为劳苦大众翻身求解放、追寻美丽梦想的征程。当时我们家乡周边的许多地方还没有解放，县城还被国民政府把持，人心不稳。许多人还在怀疑观望，不敢要解放区政府分给他们的财物，更不敢接受解放军交给的各项任务。我的父亲却不然。他以极大的热情，一面积极地宣传共产党的方针政策，一面带头参加新政权开展的各项活动，千方百计完成工作任务。随后，解放应城的战斗打响，父亲被抽调担任支援前线的司务长，为参战解放军供给生活与军用物品。时值隆冬，严寒刺骨，行进的道路蜿蜒不平。尤其在黑夜抢运物资，困难与风险更增，摔倒受伤的事时常发生。父亲一方面关照同伴，一方面还要顾及自己担负的物资。一路上他不顾寒风凛冽，总是用双手紧紧地抓住箩筐，不让箩筐倾倒，保护物资不损失。应城解放后，父亲又担任了云梦县义堂兵站的支前工作，投入到解放武汉的战斗。义堂兵站，地处襄阳和随县南下汉口的交通要道，军事供给任务十分繁重。而这时候，也是我们家庭的一个节骨眼。

我，这个家中新一代传承人就要诞生，是喜是忧，一切难料。全家迫切需要主心骨，需要"镇山石"，需要父亲。在家事与"支前"两者之间，父亲坚定不移地做出了抉择，夜以继日地坚守在义堂兵站，直到支前任务圆满结束。父亲就是这样，为人民解放事业，为心中的美丽梦想，留下了自己坚定的足迹。

中华人民共和国建立后，父亲加入到建设新政权的第一线，继续追梦，一路前行。党认真地审视着父亲的每一串足迹，对于他的成绩和进步给予了充分的肯定与鼓励。之后不久，父亲光荣地加入了中国共产党，正式成为一名共产党员。作为区供销社副主任的他，又被选派到湖北省合作社干部学校学习培养。学习结束后，父亲进入县机关，担负起领导责任，他的追梦足迹跨入新的台阶。几十年来，历经风浪，父亲的脚步坚定稳健，从不徘徊摇摆，从未偏离飘移。

父亲的足迹成了我们前进的路标。我们全家在父亲的带领下，为了共同的梦想，各尽其力，添砖加瓦。作为家中长子的我更是不落后。1968 年春，满怀对人民子弟兵的热爱与向往，临近高中毕业的我积极报名应征，加入了中国人民解放军，承担起保卫祖国和人民的重任。在部队这座大熔炉里，我承袭父亲的意志，迅速成长，很快加入了中国共产党。我以父亲为榜样，牢记党的宗旨，党叫干啥就干啥，而且一定要干好啥。记得有一段时间，我被部队派到地方，参加县里专门的工作组，自己独自一人驻扎在农村。我深知自己责任重大，必须慎重，无愧于人民子弟兵的光荣称号。即使我连续几天腹泻，无法医治，仍然坚守岗位，采取不进食的办法对抗，保证了任务的圆满完成，在保卫祖国的岗位上，追逐着美丽的梦想。

生于改革开放初期的儿子，延续了我们的追梦足迹。儿子在大学期间光荣加入了中国共产党，正式成为我和他爷爷的一位新同志。然而他的思维却与我们不在一个层面上。儿子不接受我们家长的"计划经济"，勇敢地投身于"市场经济"的激流。大学毕业后，儿子未选择我们为他规划的工作，独自进入社会闯荡。经过双向选择，儿子来到改革开放的前沿——广东，进入东莞一家跨国电子公司工作。在这里，儿子干得风生水起，不久就升职代理中方部门经理，还被该公司总部选为公司的新一代代表之一，参与了公司专题影片的录制；并且准备打破惯例，提前晋升他为中方部门经理。前进的道路上铺满了鲜花和笑容，然而儿子毅然辞去了这份令人羡慕的工作，只身一人去深圳寻找放飞梦想的舞台。那时的深圳，对儿子而言，完全是人生地不熟，连一块栖身的地方都没有。儿子只有每天早上从东莞原来的住处出发，赶汽车来深圳找工作，下午再返回东莞的住处。来来往往一个星期，饱受艰难与孤独，唯有梦想与豪情激励着自己，最终，有志者事竟成。

儿子曾经用手机，给我传递了一首诗，令我颇有感慨。题目是"好男儿志在四方"：

男儿志四方，
少小离家乡。
举目无亲多困惑，
也曾有泪和汗淌，
长堤向夕阳。

独饮酒易醉，
清歌几断肠。
青春轻叩门声响，
心中有爱喜思量，
床前读月光。

人挪生命活，
树移叶枯黄。
燕雀胸藏鸿鹄志，

求知立业做栋梁，

南飞雁成行。

　　历经 10 余年的摸爬滚打，儿子追梦的足迹显现出可喜的图景。如今儿子在这个展翅腾飞的鹏城，拥有了自己的一方天地。他们生产的产品远销欧美，并且销售额持续增长，为国家增加了外汇，也增加了就业岗位，为有志者创造了实现梦想的机会。

　　"革命代代如潮涌，前赴后继跟党走。"我们爷孙三代的追梦足迹，串串相连，一脉相承，扎实前进，落地有声。

第三辑

故乡掠影

小　引

　　故乡熟悉的山川河流，融入了我的脑海。故乡勤劳善良的父老乡亲，总让我念念不忘。无论我置身何方，不经意间总会油然想起故乡的山水故乡的人，总会有故乡的往事与画面在眼前掠过，总会涌起感念的情、致谢的话。

马蹄的记忆

对马蹄，我有段刻骨铭心的记忆。这缘于我人生的第一次历险。

时间应是1954年的夏季，农村还是互助组的阶段，我已过了5岁，还没有进入小学。那天晌午，我奉祖母差遣，去一里开外的田畈喊在给秧苗车水的母亲等人回家吃午饭。能帮大人做点事于那时的我而言是一种荣光，何况是单独完成。我高兴地从后门出来，直奔母亲干活的地方。

离我家后门不远，是镇上的木材交易行。这里的木材，一堆一堆地码成棚状，密密匝匝像一座座小山。对着我家后门，本来留有一条人行道，这时却被一匹枣红马横身挡住。我踟蹰片刻，发觉道路并没有堵死，马屁股与后面的木材棚堆有段间隔，足够一个大人经过。我的脑海里没有丝毫的恐惧或顾忌，毫不怯懦地从马的尾部走了过去。马也很配合，没受任何惊扰。

向前再行几十步，来到被称为小岔街的街口，正好看见母亲一行迎面从土坡处上来。大人们知道我是去催她们回来吃饭的，都说笑着夸奖我。弄得我不好意思，立即默默地转身往回走。

又到了拴马的木材棚堆前。马独身站在原地，悠闲地摇着尾巴。我还是像刚才一样，大大方方地从马的后部通过。

"轰"的一声，我只觉得前额一阵重创，眼前火花直冒，伴着剧烈的疼痛。顷刻，我便什么也看不见，什么也不知道了……

这是我记忆中的断片时刻。因为当时的我，是不省人事的。后来才知道，是被马打了。"马打了"是方言，即被马蹄踢了！被踢时的情景我毫无印象，但我记得自己被送到县医院后的一些片段，尤其是长大成人后，看过苏联的《钢铁是怎样炼成的》，脑海里总会浮现县医院的情景。当时的县医院，不是现在网络上所晒老照片中的模样，而完全是西式建筑，直到 20 世纪 70 年代还存在。白色病房白色床单，给人一种肃穆的印象。还有回廊、庭院……

此事伴我终生，让我难以忘却。长大后，母亲时不时会聊到这件事情。她多次提到了辛德绍这个名字。母亲说，区政府的副区长辛德绍，闻知我被马踢伤后，亲自责令马的主人，也是他的乡邻，支付了一担谷的医药费。辛区长的关爱行为，与他的俊朗模样一起，深深刻进我的脑海，直到如今依然历历在目。

还有出院回家时的情景，至今清晰难忘。去县城接我回家的是姑父。由于路程远，天气又不好，为了抢时间赶路程，姑父必须天不亮就从家里出发。考虑到我的身体情况，姑父特地为我准备好了"卧铺"——用家中的箩筐，铺上棉被做成，让我能坐又能躺。当天我坐在箩筐里，与扁担另一头的杂物搭配，在姑父的肩上"忽闪忽闪"，翻越十几公里的山路，昏然入睡。其实那天天气不好，不断有雨，小路泥泞，不安全。鲜有负重远行经历的姑父，为了保证路途平安，特地放弃距离较短的小路，绕行距离较远的"大路"。实际上，当时的大路，只是新辟的直线路，处于洼地，全是泥泞，行走十分艰难。到了我们小镇对面的王家山，老天爷彻底"撕破了脸皮"，大雨倾盆，将我淋醒，我才明白了自己身在何处。王家山西头，有一处很陡的山坡，是上下山的"咽喉"。雨中下坡，更显艰难，稍有闪失，必然连大人带小孩都会遭难。庆幸的是，姑父在我母亲的极力配合下，小心翼翼，几乎一步一顿，艰难前行，终于有惊无险，闯过了此行的最后一道险关，平安到家。

后来，每当我注视照片里或镜子中自己额头上那道被马踢出的伤痕时，总有些死里逃生的庆幸。这道伤痕，颇有艺术范，如一只硕大的圆形钢印，加盖在左边眉骨之上。如果那匹枣红马用力再大些，我那颗幼小的头颅定会皮开肉绽；如果它的铁蹄子微微降低一些，我对世界也就真正的只能"睁一只眼，闭一只眼"了。

这道马蹄印记对我的人生产生了许多有形无形的影响。初中二年级时，部队在学校招飞行员，医生远距离观察，说我可以！接着近距离检查，医生看见我眉上的马蹄印，断然将我拦在了门外。报名飞行员被拒之门外，当步兵也不是一帆风顺。在新兵连期间，特务连去选侦察兵，大概我进入了负责人的视野。但负责人令我近前细看时，看到了我额头上的蹄印，只有无奈放弃，并且与身边战友说，有明显标志不利于执行侦察任务。

坏事也可变成好事。马蹄的猛击，也使我增强了抵御灾害的能力，小病小痛常常不治而愈。有一次砍柴时，因为用力小了砍不断柴草，结果一用大力，镰刀顺着田坡上的柴草，在我的左腿梗上"咔嚓"一下，砍出了一道近两寸长的口子，血流不止。医院就在我家对门，我却没有去找医生，而是采用民间土办法，自己用茅渣花（学名为香蒲，长于水边，可止血）一敷，伤口一个星期就合拢了。

马蹄的经历还磨砺了我人生的硬度和倔劲，导致我工作上喜欢认死理，缺乏弹性。有人曾调侃我："如果这道马蹄印刻在天庭正中，那就像包公啊！"我倒是想学包公，却可惜这马没有踢到位哟！哈哈！

放牧场补习

　　家乡的山山水水，都刻进了我的记忆。故乡的父老乡亲，都让我念念不忘。今天，牧场补习的情景，又在我的脑海重现。

　　那是早年的一个清明时节，趁着少有的好天气，我踏上了重返代家冲的崎岖小路，这里有我自选的牧牛场。

　　代家冲的地形有两道呈 U 形的山梁，上有一个突兀的山峁。因此，有人称代家冲为"二龙戏珠"。百度搜索的地图上显示，家乡的"岩子山"，即是此地。

　　其实，岩子山只是二龙中的较长山梁。河岸的岩石，嶙峋怪异，漆黑莫辨，给童年的我留下了不可磨灭的印象。后来这些画面在我脑海中多次浮现，让人分不清究竟是梦境，还是记忆。

　　我的放牛场，在另一道较短的山梁北端，即百度地图标出的张家山。实际上这里原本并无具体名称。记忆中，当年日寇占领安陆县城后，为了封锁京安应抗日根据地，在这里设立军事据点，在山头筑起炮楼。日本投降后，这个据点被撤除，遗址成了外来移民居住地，由此被随口叫成了张家山坡。地图上也正式标上名称，成了"张家山"，这道山梁似乎成了张姓人的山，其实山梁仍然无实名。大概是怕日寇据点的"魔影"作祟，我的放牛场，选择了北头代家冲这边，而不选南头。曾经的侵略者留给故乡的阴影是深刻的。

　　我在北头放牛常常会遇到一位爷爷，我们的方言叫"爹爹"。爹爹姓李，名字叫春芳，很青春，有朝气。但我不知道李爹爹的青春故事，只知道他家里开了豆腐作坊，家中的牛是爹爹磨黄豆的主要力量。爹爹很爱护牛，闲暇时就上山放牧。如此，也提供了一个我与李爹爹亲密接触的机会。

李爹爹未语先笑。那时我还不认识"和蔼"二字，农村人也不知道和蔼的含义，只觉得李爹爹像如来佛一样，笑口常开。

爷孙有缘，不负光阴。老人慢慢地向我介绍了水牛的特点，说水牛喜欢水，常常在水里打滚。他说，水牛能骑，黄牛不能骑。还嘱咐我，千万不要骑黄牛！恰好我家养的牛，是黄牛。少不更事的我，第一次听到此话，不以为然。于是，走到自家牛跟前，要试虚实。待我纵身向牛背跨去时，熟悉的黄牛也反抗了！黄牛快速闪开身子，瞪大双眼以示抗议，并且发出了吼声。幸亏我有提防，没有摔倒，只是惊吓一场。

吃一堑，长一智。经此惊吓，我更愿听到李爹爹的教诲了，更希望有时间同李爹爹聊聊天，多学点课堂上学不到的知识。

事实上，我与李爹爹不在一个层面，难找共同话题。倒是李爹爹办法多，随口念了一首古诗词：清明时节雨纷纷，路上行人欲断魂。借问酒家何处有，牧童遥指杏花村。这首诗很中我意，也合当前场景，便于记忆。当时我读小学，还没接触古诗词，这个放牧场，意想不到地补上了我还没学习的古诗词这门课，李爹爹成了我学习古诗词的启蒙老师。

春和景明中，盘腿而坐的李爹爹，惬意地望着牛伙伴们啃食牧场绿草，轻声吟出了一首诗。我没有听清，便请求李爹爹重背一次，我要把它记下来。李爹爹没有推辞，把整首诗一句一句教给了我：

死去原知万事空，
但悲不见九州同。
王师北定中原日，
家祭无忘告乃翁。

后来，李爹爹还教我背下了"千里莺啼绿映红，水村山郭酒旗风"这句诗。然而，我对诗句所描绘的场景却很陌生，对"水村山郭"之类的景物缺乏认知，只能凭自己所见过的进行联想。很长时间，这首诗的文字在我头脑中的印象都显得模糊。我从山上的放牧场，俯视远处的小镇，搜寻着水村山郭，搜寻着迎风的酒旗，全无踪影。直到读了这首诗的全部文字，尤其是依诗配上的图画，我的印象才清晰起来，才仿佛听到了千里莺啼，才看到了水村山郭。

牧场补习，让我不但有机会学到古诗词，而且更方便就地取材，现场认识野生植物。由于李爹爹传授，我认识了野韭菜、野芹菜、野葱（蒜）等植物，还有雨后才能出现的地渣皮（也称地衣、地皮菜），打雷后才能见到的"雷打菌"等珍奇。这些是真正的山珍野味，是地地道道的绿色食物。不过这都是家乡代家冲的环境没有受到污染时的景象了。

牧场补习，使我有幸接触到李爹爹，真真切切感受到了老人的文化底蕴。其实，类似李爹爹这样的长者，在我们小镇比比皆是。他们有的是家中自学，有的是读了私塾，有的靠旁听说书、看皮影，甚至听人谈天说地，学习了一些知识，没有文凭，没有标签，极不引人注目。普通而平凡，既不显山也不露水，太容易被人忘却。我们后辈完全不了解，小镇也没有他们展示的机会，他们的文化底蕴也就无奈地被掩埋了。正是李爹爹这样普通而又平凡的父老乡亲，合力支撑着家乡的一方天地，推动着家乡发展的车轮滚滚向前。

这就是千万乡亲，留给我的一个侧影。

水库工地观光

家乡的田野上，星罗棋布地散落着无数大大小小的塘堰。而且，每个塘堰旁，大多都兀立着一处土墩子。土墩子令人浮想，因为家乡的多处土堆，确实考证出内有古遗存。

然而，塘堰边的土墩子似乎不属于此列。它们应该是身旁塘堰的"嫡亲姊妹"，是互为因果的连理双枝。或者是挖塘堆土隆起了墩，或是垒土为墩，挖出来的洼地积水成了塘堰。我生得晚，没看到挖塘堰、堆土墩的情景。那是自耕自种的时代，我和我的无数同辈，还在奔向这个世界的路途中。

有幸走进了大时代，挖塘堰发展成了修水库。其实修水库和挖塘堰的目的相同，都是为了蓄水，只是规模不同，着力点也不同，挖塘堰靠掘坑，修水库必须筑堤。

第一次看见修水库时，我还是懵懂小儿，一个字都不识。工地在我们小镇的孙家庙旁，庙后本来有一方大塘，称为"庙堰"。修水库就是紧邻庙堰，新造一个更大的塘堰。我脑海中对大人们白天劳动场景的印象已十分模糊，给我留下了深刻印象的是一天晚上，我们乡政府领导在水库工地上的讲话。

那天晚上，工地的东北角搭了一个台子。台子前沿的两根木柱上，凌空横架了一根粗木杆子。杆子上悬挂着两个夜壶做成的煤油灯。熊熊燃烧的油灯下，乡政府的书记在灯下慷慨激昂地发表讲话。书记讲得声嘶力竭，童年的我，也听得热血沸腾。那时候的我还不知道"听君一席话，胜读十年书"，而书记的这次讲话，把共产主义理想深深刻进了大家的心中。长大成人后，每当我走进楼房，用到了电灯电话，就会想到书记在水库工地的这次讲话，仿佛听到书记近于呐喊的声音，看到了乡亲们翘首盼望的场景。

随着年岁的增长，我见过的水库工地与日俱增，规模也逐渐扩大。参建水库的人数越来越多，水库也离劳动力住的地方越来越远。修第一座洪山水库时，我已进入小学。人小心不小，没有学习压力的我，竟然独自步行了十余里山路，找到了水库工地。

工地在两座山岇之间，土壤呈红色。由此，我随着大人们把水库称为"洪山水库"。洪与红同音，水库名与红土地由此在我的脑海里融成了一体。站在山岇放眼望去，好大的场面，人头攒动，一片繁忙。有人在埋头挖土，有人在爬坡挑土，还有人在堤上打夯打硪……那时农村与电力无缘，水库工地没有高音喇叭，发号施令全靠口哨和自制喇叭。打硪的号子都是靠"肉喇叭"——扯着嗓子昂（湖北方言，意为喊）出来的："嗨哟——嗨哟，嗨哟——嗨哟！"我费了很大的劲，才在堤内一处挖土处找到了母亲。母亲与多位壮年乡邻在那里挖土。挖土是有讲究的，丝毫不可随心任意。挖出来的坑必须有形，底部平整，四周有直边，只留一处能显示土坑深度的土棱子。这样便于丈量土方的长宽与深度，计算土方数量。

后来还修建了又一座洪山水库，规模超过这座水库。乡亲们习惯性地称后一座水库为"大洪山水库"，而前面修成的洪山水库为"小洪山水库"。也有人分别按所处地理位置，分别称这两座水库为"下洪山水库"和"上洪山水库"。然而，正式的文件，只记载有"洪山水库"，既无上下之分，也无大小之别。当然，更不会记录我在小洪山水库工地亲眼见到的情景。其实，福泽于民的洪山水库，是积累着我的父老乡亲辛苦的汗水和泪水的，只是不曾出现在正式的文件中，也不会在后来人的视野内。作为亲身见证者，我追记如此，以求无愧于我辛劳的乡亲们。

花纹木箱

有一个花木箱，总会在我脑海浮现。这么多年了，无论我走到哪里，只要有空闲时间，关于这个花木箱的记忆就会冷不丁地浮现在眼前。

这个花木箱应该是算得上文物级的吧！还在我读初中时，一位姓何的伯伯，为我特别制作了这个木箱，至今已有将近一个甲子的时间了。

我与何伯伯非亲非故，并且原本不相识。然而，何伯伯却特意为我亲手做了这个花木箱，是实实在在的排忧解难，雪中送炭。

何伯伯是区管企业铁木联合社的木工。我们读书的中学距离铁木社不远。平时出入学校，必定经过铁木社门前，扭头就能看到门里忙碌的人们，遇见熟识的人自然会打招呼，或者聊上几句。可是我没这份幸运，铁木社的人，我一个也不认识，更不知道他们姓甚名谁。我对于他们，只是形形色色的路人中的一个。

我的家庭，离我读书的地方七八公里。住读的学生都是从家中带腌菜来，然后在学校食堂蒸两餐饭。无论天冷天热，都是如此。那是物资紧张的年代，能够吃到热饭已经不易，对菜的要求别无奢望，只要有咸味就行，品类、质量、时效，统统不在关注之列。

有一天，我在街上意外遇见了父亲。父亲当然了解住读学生的吃菜状况。于是，他很直接地告诉我，从家中带来的腌菜，时间长了，可以去铁木社找何伯伯帮忙加热。这是我第一次听闻铁木社的何伯伯，但我没有询问何伯伯的具体情况。

其实，热菜只是一个由头。父亲是有意识要培养我了解社会、与人交往的能力。

我真的按照父亲的吩咐，去找了何伯伯。好在铁木社人不多。听到我的寻找，一位年过半百的长者迎上来，问我："谁叫你来的？"我说明缘由后，长者满脸笑容地告诉我，他就是何伯伯！并且立即张罗开了，为我热菜。铁木社的屋子遍地都是刨皮子、碎木块，热起菜来真的是"就地取柴"。

一回生二回熟。我去了何伯伯那里几回后，何伯伯就特地与我约定，让我下个星期三下午再去铁木社找他，而且叮嘱"一定要来哟"！

我不理解何伯伯的意思，究竟要我去干啥？但是，通过这段时间的接触，我已感受到了何伯伯的淳朴与厚道，知晓他不是油滑之人。于是，按照何伯伯约的时间，我准时走进了铁木社。

眼前的场景使我惊异。何伯伯已经做好了热饭热菜。菜里还有猪肉，油滑喷香，十分诱人。那是计划供应的年代，每个人的月供肉的数量十分有限，只够改善一个人的生活。原来如此，何伯伯这是为我改善生活，不知道他为此费了多大力气啊！

进入初中以后，我们住读学生，享受的都是腌菜、素菜等冷菜，没见过冒热气的菜，更不可能吃到有猪肉的新鲜菜。这顿饭对我而言真可谓"久旱逢甘霖"！见到何伯伯亲手做的热菜热饭，我明白了何伯伯的叮嘱的分量，切实感受到了老人的火热心肠！然而"无功不受禄"，素昧平生的少年，怎么能享受老人如此厚待呢？可是，推辞一番，何伯伯硬是不允，我只有乖乖接受了。说实话，我的肚子太渴油了，也需要滋润滋润。

用餐过程中，何伯伯开始了"话当年"。何伯伯说，他与我父亲是老朋友了。他住的垮子，与我们的祖居地紧邻。中华人民共和国成立初期，他与我父亲同时进入铁木社工作，一路相伴，同甘共苦。何伯伯说："在我这里，只当你的家一样，有事尽管说。"

何伯伯的话，让我心里暖乎乎的，胃口也大开。但是我不能吃得太多，必须"适可而止"，因为这是按人头下的米。

一日，我又去何伯伯那里热菜。何伯伯见我去了，笑容满面。何伯伯说："正好，我有一个东西给你。"菜热好后，何伯伯去里屋搬来了一个新木箱。何伯伯把木箱放在我面前的凳子上，很郑重地说："这是送给你的！"我有些措手不及，但内心的兴奋之情难掩。

箱子很吸睛，橙红油漆打底，黄色花纹布面，十分鲜艳醒目。箱子呈长方形，高约半米，开合方便，搬运容易。何伯伯说，这是用边角废料做成的，正适合你使用。何伯伯真体贴人，我真的需要一个木箱，存放衣服，存放菜罐子和碗筷。今天真的是"瞌许（睡）遇到了枕头"，我的心里乐开了花。这一次，我毫不推辞，接受了何伯伯的花木箱。走出铁木社不多远，我的脚步便情不自禁地加速起来，仿佛"身长翅膀脚生云"一般，飞回了学校。

何伯伯送我的花木箱，陪我读完了初中，又陪我走进家乡的最高学府——县高中，给我原本清寒的读书生活，增添了温暖。它让我感受到人间的真情，懂得了无私的付出。可惜后来因为意外，藏匿于我们校舍天花板内的花木箱，不翼而飞了。但是，花木箱的制作人、馈赠者何伯伯的形象，依然扎根在我的心间，时常浮现在我的眼前。何伯伯的勤劳、诚实的美德，一直伴我前行。

超重的豌豆梗

这是我读初中期间的记忆。那天，假期的我，终于跻身青壮劳动力行列了，同队里的男劳动力一起，去河那边的五马坟挑豌豆梗子。

"五马坟"这名对我而言很陌生，也容易让人误解。因为我是第一次去那里干活，人生地不熟。正是这个第一次，才让我知道了"五马坟"。五马坟其实不是墓地，而是居住地。后来住户迁移，土地变为庄稼田，按照以地形特征命名的称呼习惯，这块地就被命名为"五马坟"了。在生产关系发生改变的大潮中，与我们生产队相距两三公里，且隔河遥望的五马坟，就这样成了我们生产队的一块"飞地"。

那天是午后启程，完成任务的时间足够。然而，来到五马坟现场，情况有些出乎众人的意料。早已捆好的豌豆梗，每人两捆的话，挑不完；如果跑两趟，又怕时间来不及。有人提议，按人数核定豌豆捆数，把多余的豆梗分摊到人头上，免得再跑第二趟。一人提议，多人附和，还有人闻风而动，按到场的人数，重新捆扎豌豆梗。这时，也有不同的声音出来，数量能够定额，重量却没办法限制的。好在众人心往一处去，都想着怎样抓紧时间，抢在天黑前把豌豆梗全部运回生产队的稻场堆放。集体劳动，熔铸了集体意识，没有任何人望着豌豆梗却步。

豌豆梗重新捆扎后，不多不少，每人两捆（一担），五马坟的豌豆梗全部上了众人的肩头。

的确是不挑担子不知重。增加了豌豆梗的担子压到肩上后，着实有些沉甸，仿佛两块巨石一般。我踉跄了几步，终于站稳。和我差不多岁数的，还有4个"半造子"。有人忍不住叫出声来："哎哟，好重啊！"其实，感觉到担子超重的绝对不止一个人，只是没有说出口罢了。这大概就是任劳任怨的精神吧！而且，豌豆梗捆子，挑上了肩是不能随意放下的，放下必然会抖落豌豆米下来。所以，咬着牙，也得坚持到达目的地。于是，我们一行人，绵延20余米，宛若一条龙，沿着沙石路，向着队里的稻场行进。

终于来到河岸，要过河了。过河不远，就是队里的稻场。这时，我们的队伍再也不是一条龙了。众人争先下水，恨不能一步跨到堆放的稻场。河中顿时成了一窝蜂，幸好河水浅，行走不难。忽然，有人大声说话，我竖起耳朵定神倾听，是李进芝伯伯的声音。进芝伯伯是生产队的贫雇农组长。他越说嗓门越大，批评前面提议把豌豆梗捆子加大的人，说："这么重的担子，我们挑着都吃亏（湖北方言，即很吃力），把伢们（湖北方言，即小孩、年轻人）累伤了怎么得了呀。"哦！原来是为了豌豆梗超重。李伯伯说的"伢们"，当然不只有我一个，还有李伯伯的儿子，以及其他"半造子"。但是，第一次去五马坟挑豌豆梗的"伢"，唯独我一人。而且，超重的豌豆梗，着实让我一路很费力。李伯伯的话，让我心里涌起了热流，步子也稳了许多。

我默默地感谢着李伯伯，他说出了包括我们"半造子"在内的很多人的心里话。当时按规定，我们"半造子"是不能按成人劳动力计工分的。这次挑豌豆梗完全有理由不加量。可能很多人忽略了这一条，只注意到时间不早，再跑一趟往返已经来不及了，所以接受了加装豌豆梗的建议。从总体上讲，这个办法也是有益的。然而，此时此刻，李伯伯的话却使出主意的人陷入难堪，让人觉得这个主意有针对"半造子"们的嫌疑。好在乡亲憨厚淳朴，有事不往深处较真，风一吹，也就烟消云散了。

当日，超重的豌豆捆子，都如我们所愿平安顺利地到达队里的堆放场。而它的余波，却一直绵延不断。多年后，我参军离开了家乡，李伯伯仍多次同乡邻们谈及此事，并且明确说出，他当时所说的"伢们"，指的就是读初中的我。当我从部队回到家乡，李伯伯又当面同我谈到此事，不点名地斥责主张将豌豆梗加捆的人不心疼年轻人。

距离这些事发生过去了半个世纪后，前些年的一个清明，我在去家乡墓地祭扫的路上，意外见到了李伯伯的儿子，也是那次挑豌豆梗的"半造子"之一。我们二人自然而然谈到了当年豌豆梗捆子超重这件事。李伯伯的儿子毫不掩饰地说，他的父亲对此事念念不忘，总在告诫自己的后人，要善待年少的"伢们"！

"善待年少的'伢们'"，多么温暖的话语，多么慈爱的心灵啊！如春风拂面，如春雨润物，它显现出故乡的温度，传递着父老的深情，也慰藉着游子的乡愁。

同窗桑榆会

花季同窗怎能忘，
万水千山思念长。
桑榆之年会故里，
共忆追梦好风光。

我们班作为故乡县一中老三届中的最后一届高中毕业生，全班共50多位同窗。当年正值花季的我们，离开校园后，奔赴四面八方，追寻美丽梦想。有的投笔从戎，戍边卫国；有的回乡务农，发展农业；有的上山下乡，再受教育；有的献身厂矿，夜以继日；有的进大学深造，醉心学术；有的从政为民，造福桑梓；还有的结为连理，共谱华章……几十年栉风沐雨，我们燃烧激情，与时俱进，纷纷梦想成真。

在人生的不同阶段，我们有着不同的梦想。多少年来，这些当年的花季同窗，都渴望着能有机会重新聚首，共叙友情。到了桑榆之年，这种愿望更加强烈。尤其是2008年，被称为"人类第一杀手"的疾病击中的我，更为迫切，热切盼望再见到当年的同学们，看看如今容颜，聊聊身体安康，问问家庭状况。然而，毕竟相隔多年，大家天各一方，长久失联，短时间无法召集聚齐。花季同窗相会的美好心愿一时难以实现，无可奈何地化成了一缕美丽的乡愁。

感谢一位一直坚守在希望的田野上的"农民兄弟"——我们当年的一位班干部。他默默筹备，多方联络，终于在2012年4月成功组织了首次同学会。当年的花季同窗，如今都变成华发男女了。

熟悉的姓名，不熟悉的容颜，造成了记忆的偏差，大家彼此间出现了片刻的陌生。但是，毕竟是同窗学子，情谊依然在。大家很快重新熟悉，花季的"闹剧"再次出现。

"莫道春度芳菲尽，别有中流采芰荷。"同窗桑榆会，情意胜往常。不知是谁领头，唱起了歌曲《二十年后再相会》，伴随着"我们和心愿再一次约会/让光阴见证/让岁月体会/我们是否无怨无悔……"的歌词，众人欢聚一堂，又歌又舞，万千感慨，回首峥嵘岁月，共忆追梦时光。

我们的同学情谊，如家乡的河——涢水一般，长流淌，不断线。至今，我们已经连续相聚 10 多次。相聚之意不在食，而在于心。有些话题，一次没有聊完，下次接着聊。有些同学，这次没见到，下次再相见。为了大家能够重聚，同学们发动自己的子女，进村寻访，或通过左邻右舍帮助，争取不漏掉一个同学。楚天都市报也为我们助力，记者不辞辛劳，收集信息，核实线索，接连刊文寻找去向不明的同学。

闻讯从祖国四面八方赶来参加桑榆会的"花季同窗"，逐年增加。影响波及母校其他年级其他班。我那并非校友的儿子，远在深圳也十分关注我们的同学会。儿子从网上收集了我在主流媒体上发表过的文章，选编成《长路深情》一书，以特快专递方式寄回来，向他的叔叔、伯伯、阿姨，我的花季同窗们献礼，并且特意在书的封底，印上两行文字："漫漫长路，布满了跋涉的足迹／串串文字，倾注着火热的深情"，以此致敬他的父辈母辈。

我的一位女同窗，省会一家颇有名望的期刊前主编，更为热心，每次参加桑榆会，都带着自己的专职摄影师——她的亲密爱人，也是我们邻班同学，负责为同学会摄像、洗相片。主编还不忘职责，为合影题词添彩。其中有题词是——

　　碧山有语花长笑，笑迎同窗友；
　　涢水无声鸟作歌，歌唱延年情。

还有同学仿古风，写了含有 6 个数字的短诗一首，颇耐人寻味——

　　　　各乡"童生"汇一中，
　　　　半群属相（2）班同。
　　　　栉风沐雨历三载，
　　　　击水勇当四海龙。
　　　　重聚临近五十秋，
　　　　酬唱争效陆放翁。

其中的"童生"借用了旧称，这里指考入高中的初中毕业生；"（2）"为我们班在同年级中的排序；"半群属相"，指我们全班同学的年龄分布，最大年龄与最小年龄相差 6 岁，占了 12 生肖的一半；最后一句中的"陆放翁"，为宋代诗人陆游。这里标出陆放翁的大名，首先是需要数字"6"的同音字，与上句中的数目"五"承接；其次是借用诗人名义，形容同学相会气氛的火热，诗词歌赋，你来我往，文采飞扬。当然，如果能涌现"陆游"级的诗人，岂不更美了！

当年的同窗在南昌合影

师生情深

　　很长时间里，我都有个缺憾：离开学校这多年，没能请老师吃餐饭，喝杯酒，甚至没能当面道一声谢。每当教师节来临，这种缺憾与愧疚就越发强烈，想找个机会弥补的念头也越发强烈。

　　这个机会终于来了——我把一位老师请到寒舍聚了一次。不过，这位老师并不是我的科任老师，甚至未曾有过任何直接的交集。

　　我是升入高中时才来到县一中的。当时，这位老师是一中初中部的政治老师。虽然如此，全校绝大多数老师的名字与模样，都融进了我青春的记忆中；而绝大多数老师，也对我这位带着浓厚泥土气的学生留下了一定的印象。高中毕业时，我参军去了部队，复员后分到了武汉的铁路单位工作。

　　一个极其偶然的机会，我在本系统编印的政治理论学习资料上，无意间发现有位撰稿者与我们母校安陆一中的一位教授政治课的老师同名同姓。但是，压根就没想到，他竟然就是一中的那位老师！他竟然能从县城调到武汉，能从地方进入铁路的学校。天下同名同姓的人屡见不鲜。如此特别的跳槽本领，我有幸亲闻了！

　　凑巧的事情实在多，亲闻一次岂能了？更巧的机会随后出现了。

　　不久，我工作的单位有对青年人举办结婚典礼。新娘的父亲正是那位撰稿者所在学校的部门负责人。我禁不住暗自窃喜起来！我立刻抓住这个可遇不可求的机会，试着打听信息，得知那位撰稿的老师今天也来到了婚礼现场。但是，究竟是不是我们母校的老师就不得而知了。顺着新娘父亲的指引，我看见了坐在宴会厅另一侧的撰稿老师，鬓发花白，身子发福，已然不是我记忆中的那位年轻的政治老师的样子。仔细再看，他的身上仍然透出我所熟悉的英气与神情。顿时，一种兴奋与冲动在我身上涌动，驱使着我贸然奔过去。我恭恭敬敬地端着酒杯，向这位从来没有面对面讲过话的母校老师举杯敬酒。老师怎么会想到此时此地会突然从天而降一个自认的学生来了，满脸的诧异掩饰不住。当他听清我用纯正的乡音报出自己的姓名时，也记起了我学生时的模样，立刻露出喜出望外的神情，兴奋不已。师生有缘。本无交集的一对师生，竟能意想不到地相会于这充满喜庆与吉祥的结婚喜宴上。

过了一段日子，同在武汉的一对同学伉俪准备来寒舍探视。接到电话我即刻想到邀请母校的这位政治老师莅临。这对伉俪读的初中就是一中，这位老师一定是教过他们的。同时，我还邀请了另一位当年的初中校友，我的同乡。他肯定是受教于这位教师的。可是，我手中没有那位老师的联系方式，不知如何找到他。愿望一时受阻。

真的是"世上无难事，只要肯登攀"。光我一人"登攀"还不够，我还须发动相关的人。我想到了那对新婚的年轻人。几经周折，通过那位新娘父亲的帮助，终于与我们的这位老师直接取得了联系。

老师接到我的邀请电话，十分高兴。那天，我专程到他住的汉口家中，把他接到我在江岸区黄家墩的住宅。

出乎意料的是，当我兴冲冲地介绍久别的师生们见面时，却没有预想中会见到的火热画面。原来，我们这几位学生，都非这位老师的直接门生。更为主要的是，韶华易逝，青春不再，彼此难免有些陌生了。然而，大家对老师的尊敬与深情，丝毫不减。嘘寒问暖，忆旧叙新，恨不得把几十年的话一口气说完。在一家大型文学杂志社任主编的女同学说的一句话最有意蕴，令人难忘："老师不分彼此。未曾任课，也是我们的老师，也应受到我们的尊敬与感谢！"

回家的路

跨入新世纪，令我感受最深刻的一个变化，是回家的路变得又好又快。

我的老家位于安陆与应城、京山接壤的丘陵地区的一个小镇，离县城约15公里，与外面世界联系的道路，只有一条崎岖不平的羊肠小道。我就是沿着这条小路，走进家乡的小学，走进区里的初中，又走进县城的高中。后来参军入伍，也是沿着这条路走到县城集合，然后步行到京广铁路上的花园车站登上军列，奔赴保卫祖国的前线。

从部队转业后来到武汉工作，已是20世纪70年代后期。家乡的小路变成了简易的沙石公路，但不能通汽车，连自行车也不多见。记得我第一次从武汉回家探望父母，为了缩短赶路时间，特意借了师傅的一辆旧自行车，随火车带到县城，然后再骑自行车沿简易公路回家。不料，正当我"春风得意"骑车还乡时，骑着骑着，却发生了意外！只听"砰"的一声闷响，自行车的胎破了。剩余还有几公里的路程，我只好推着车在山路上前进了。几经跋涉，跨进家门已是拂晓时分。

国家的历史车轮驶入改革开放时期后，我的回家之路不断发生变化，尤其在这些年最显著。先是武汉直通故乡县城的公路升级，接着县城到老家小镇的沙石路也变成了正规公路，并且通了班车。从此，我从武汉乘坐汽车两个多小时就可以直达家门口了。

去妻子的老家洪湖也同样如此。洪湖与安陆、武汉在地图上构成一个三角形格局。以前安陆与洪湖没有直通公路，我们每次看望老人只能去一个地方，无法同时兼顾两头。

京珠高速公路通车后，2005年春节，儿子从深圳开车回武汉，先陪我和他母亲回安陆老家拜年。然后从安陆市出发，到花园镇上京珠高速（现更名为"京港澳高速公路"），再转汉宜高速，到仙桃市后进入仙洪公路直达洪湖市，300公里路程，一路畅通无阻。

如今，武汉至十堰的高速公路建成通车，回家的时间变得更短，交通变得更快捷。我和妻子再回家乡探亲，吃了早餐从武汉出发，中午就能在安陆老家吃午饭，晚上就可以到洪湖吃晚饭了。

第四辑

故乡亲情

小 引

  故乡的河水，流淌着我的亲人们辛苦劳作的汗水。故乡的山冈，兀立着我的亲人们黝黑粗糙的肌体。亲人血脉，与故乡深深地融为一体，须臾不可分离。无论置身何方，血脉亲情总伴随游子身旁，使四处奔忙的游子，时刻不曾忘故乡，常以佳音报故乡。

祖居地汪家洲的竹园

我从哪里来？

多少年来，我们的祖祖辈辈念念不忘，并世代相传着一个陌生而又亲切的地名：麻城筷子街！说我们当年落脚于德安府安陆县汪家洲的汪姓人，是从麻城筷子街迁移出来的。由此，麻城筷子街，成了我们这支汪姓子孙生命之根的代名词，令人刻骨铭心，无限神往。

为了寻根，2013 年伊始，我们特地与麻城市政协主要领导和政府专门负责移民历史的机构进行了联系，希望能够找到这个筷子街，能够找到与我们血脉同源的汪姓人。

翻开厚重的中国历史上的移民卷，的确存在着"麻城筷子街"这个名称。麻城筷子街，与山西洪洞县的大槐树类似，都是历史上十分著名的移民集散地。麻城人外迁，在历史的多个节点都有痕迹。到了明朝洪武年间，朱元璋颁布诏书，移民成为大规模的运动。广为流传的"湖广填四川，江西填湖广"的谚语，就是对当年移民潮的高度概括。麻城移民是移民大潮的一部分。除了大规模的移民之外，还有小规模的移民。而直接从麻城境内外迁的人口中，有的是土著的麻城人，有的是当时生活在麻城的外来人，还有的是在麻城短暂停留的。无论居住时间长短，他们头脑中的记忆，都有可能是"麻城籍"的。比如，我们世代乡音，把睡觉称为"困瞌睡（'睡'发音类'许'）"；比如，祭祀时，最神圣的贡品，就是筷子插在带有猪尾的猪首上。古代麻城的地域远远超出了今天的麻城市。然而，由于人口不断地外流，致使当年麻城所辖的四个行政乡，消失了一个，成了三个乡。这个被消失的乡就是麻城孝感乡。孝感乡位于当时麻城县西南的平原地域，包括今天的红安县城关在内。但是，无论历史资料或者地名显示，这些地域都没有"筷子街"的踪影。

"筷子街"在什么地方呢？

麻城市党史与地方志办公室的权威人士明确告诉我，"筷子街"仍然存在，在今天的江西省南昌市筷子巷。

通过互联网，我们看到了云梦县潘家窑潘氏族谱的文字。这本族谱记载，他们的先祖，于洪武二年，由江西德安府麻城筷子街，过籍到荆楚德安府。这段文字，把麻城与筷子街明确地融为一体。还有云梦篙子港李氏，根据其族谱记载，其先祖在元朝时，从洪州（今江西南昌）筷子街逃到麻城。明朝洪武年间，李氏后人考上进士，被安排到云梦主政。这则资讯，比较清晰地透视出云梦人与麻城及筷子街的渊源。另有麻城市宋埠镇野鸭岗村的汪姓人自述，他们的始祖，是元末明初从江西筷子巷迁到麻城的。

还有身体上的标签。据传，我们世世代代都以自己脚上小趾生有复甲作为先祖们遗传的标签，证明先祖来自麻城筷子街。今天的我们，理所当然是麻城筷子街移民的正宗传人。然而，信息的现代化开阔了我们的视野。通过互联网，我了解到多个地方的江西移民后代，都有一个相同的特征，就是脚上小趾指甲多一块，即我们称为复甲的标记。由此来看，"填湖广"的移民后裔，不仅有古麻城籍的，还有江西籍的。我们这些人的祖居地应该也在江西。历史上的"江西填湖广"移民潮，其中就有我们列祖列宗的身影。他们经历的大体路线，应该与篙子港李氏族谱的描述基本相同，即由江西筷子街迁至麻城，再由麻城到达云梦。

有研究资料描述，麻城移民外迁的线路，大体分水路和陆路两种。这里的水路，指的是长江的航运。

传说我们筚路蓝缕的先人，外迁途中，曾到达如今的随州地域。后又自驾木排，乘风破浪，沿府河而下，到达云梦。府河的源头在随州大洪山。2017年3月底，在随州市政协的帮助下，我们专程踏访了相关实地。随州与汪姓结缘的地名星星点点。我们找到了一处名叫汪家咀的山村。村民零零散散，分布于多个高地山坡，但却没有一户汪姓人家，似乎只是一个汪姓遗存的地点而已。虽然此番无果，也以此聊慰我辈寻根之心。

历史资料显示，明朝洪武末年（14世纪末），云梦县在册人口4000人。到了洪武二十五年（公元1392年），包括麻城移民在内的外来人才入籍云梦。入籍人口总数中，麻城人比江西人多出5万。到了清朝道光二十年（公元1840年），云梦全县人口约35.3万。从人口来看，多数是明朝初期迁入云梦的垦殖者后裔。这条信息折射出明朝移民的任务与目的，也折射出我们先祖在云梦土地上垦殖的辛劳影像。

父辈曾讲述，我们的祖坟在云梦县汪家塆。中华人民共和国成立初期，汪家塆还曾有"可"字辈人与汪家洲来往。以此为线索，2014年的清明，我们三个"可"字辈兄弟，专程驱车去了一趟云梦县义堂镇寻根——踏寻久闻其名未见实地的汪家塆。

义堂镇以前有一汪湖乡。据此猜测，汪湖乡应该会有个汪家塆的。实地探察后我们才知道，这里汪姓村塆确实有，如民汪村，村子听起来很有吸引力，但是名字对不上。好在有汽车，道路通畅，找不到汪家塆，我们再往前寻。边走边问路人，汪家塆在什么地方？接连不断都是令我们失望的回答。几近灰心之际，有一位上了年纪的妇女沉吟片刻，告诉我们："汪家塆？有一个！只是现在合并到蔡河村了。"

谢天谢地！总算找到汪家塆了。顺着好心妇女的指引，我们来到了汪家塆旧址。今日汪家塆，旧貌换新颜。一片黄绿相间的庄稼地，环绕着白墙红瓦的新村。经打听，汪家塆仅剩的几户人家，已并入蔡河村。按照我们已知的资讯，终于找到了寻找的目标，并且确认无误！顿时，我们从心灵深处涌起了梦回先祖所开辟的故园的特别感觉。似乎看到了先祖们，栉风沐雨，一路跋涉，来到云梦地界，在府河之滨，结庐盖屋，繁衍生息，筑起了汪湖闸，建成了汪家庙，留给了后人们无限的追思与怀想。

寻根终有所获。春风沿着府河故道扑面而来，我们的眼前，似有成批的木排逐浪而下，一群汪姓先民，扶老携幼，来到这片沼泽地，风餐露宿，落脚谋生。若干年后，先民们再次迁移，渡过波涛汹涌的府河，来到西岸沙滩，筑庐垦荒，种菜栽竹，勤勤恳恳，建起了如今名声在外的汪家洲，以致汉口曾经名为"梅神父路"的一条马路，也有与汪家洲关联的故事。自20世纪初叶，汪家洲开始被载入中国史册。在抗日战争时期，汪家洲又做出了独特贡献，写下了精彩篇章。

与此同时，汪家洲人丁兴旺，不断地发展壮大，人口外迁绵延不断。先后有通过多种方式来到"西边"桑树店后在此开枝散叶的，有结伴迁至夹河洲形成"三姓街"的，有落户高家坡、巡店的，有投靠后人终老九江的，还有组织派遣入籍黄陂工作的，有支援"三线"建设十堰的，等等。由此，汪家洲，如同记忆中的"麻城筷子街"，成了汪氏传人们跋涉前行路上不可绕过、无法割舍的永恒情结。

2018.2.28 初稿

2022.5.10 定稿

曾祖的扁担

　　打从我懂事开始，总听到祖父祖母念念不忘的一句话：一条扁担挑到西边。随着年龄增长，我才渐渐地明白了这句话的含义，才看到了先祖们挑着一条扁担负重前行的身影。

　　对于我们家庭，桑树店王家湾是个绝对不能忘记的地方。公元1880 年左右，20 多岁的曾祖父与曾祖母（方言分别为"老爹爹""老婆婆"）一起，一条扁担，两只箩筐，挑着仅有的行李用品，从府河之畔的高店汪家洲出发，一路向西，从崎岖小道跋涉 10 多公里，来到了被他们称为"西边"的王家湾（口语称为"王家的"）。王家湾有他们的亲人，也就是我们的姑婆。那时的王家湾，有漳河的水运码头，那是通往德安府城的交通要道，天南地北的外乡人云集在此处谋生。连此段漳河，也被人们通称为王家河。

　　姑婆家的楼下，是孝感来的租户开的铁匠铺，曾祖父曾祖母寄居楼上。铁匠铺每天从早到晚，烟熏火炕，铁锤叮当，不得安宁。但是，毕竟有用力气可以换钱活命的机会。曾祖父在这里谋到了第一份劳务——挑脚。"挑脚"是纯人工的长途搬运，全靠肩挑背扛，双腿步行，负重运输。桑树店到德安府城，单程 15 公里，三分之二为山路，三分之一为平地，还有府河漳河的阻隔，沿途坑洼不平，根本无坦途可循。行走已很困难，挑脚前行更不容易，尤其还受自然条件困扰，赤日炎炎还能硬扛，遇上狂风暴雨、下雪冰冻，挑脚的艰难倍增，险象常常超出预料。为了生活，曾祖父无论天气多么恶劣，总是不辞劳苦，坚持挑脚，毫不懈怠。

　　曾祖父每次挑脚都是五更起，抢在天亮之前出门。这样的时间他看不清崎岖路面，完全只能凭自己的感觉，朝着府城的方向摸索行进，走错路，走弯路，甚至摔跤落水的险情不断发生，但他每次总能抢在城里商行开门之前到达。返程时道路能够看清了，可肩上的担子又很沉重，曾祖父唯恐损坏了运输的货物。损坏了货物，不光拿不到挑脚的力资费，还要赔偿，甚至砸了自己的饭碗。挑脚挣钱谋生，其实不简单，不但拼体力，还需有智力，坚持下来很不容易。

曾祖母主要是给别人家洗衣服、推磨子，还要下田劳动。到了热季，庄稼地里的杂草多，曾祖母还要给别人家薅草。高温季节的田畈，上蒸下炕，薅草如同坐蒸笼，很受煎熬。老人热得实在喘不过气，却也只能自己躺在田沟里歇口气，稍微缓过气了又接着干。干完活返回途中，遇上水塘有人家丢弃的蒲麦，都要捞起来带回家充作主粮。

日子长了以后，二位曾祖从王家湾转到桑树店街上寻找新的出路，住处则是出租屋。租屋住不是只付租金就行的，还要看主人的脸色，还得给主人出力流汗当帮工。

生活虽然艰难，毕竟有了生活的机会，让人升腾起新的希望。落脚桑树店多年的二位曾祖，生养了两男两女，延续着家族的香火，树立起一座家族历史的丰碑。稍长大以后，长子回汪家洲顶立三房门户，一女过继给了别人。由此可见，定居桑树店称得上是我们大家庭一个至关重要的拐点。大家庭日后的人丁兴旺，一百多年来逐步形成的新局面、新景象，都是以桑树店为起点，为摇篮的。

正是当年曾祖父曾祖母"一条扁担挑到西边"，五更起半夜睡，含辛茹苦，流汗流泪又流血，才点燃了日后大家族蓬勃兴旺的火种，才铸造出子子孙孙吃苦耐劳、不屈不挠的筋骨与品质。

1903年，曾祖母回汪家洲探亲，不幸患上了疟疾。这本来是一种常见病，可以熬过去的，偏偏这一次却没扛住。就这样，疟疾夺走了曾祖母的生命。这一年，曾祖母40余岁，可惜，竟然过早地告别了人世，留下种种遗憾和苦痛。

最苦的是她只有三岁的小儿子，我的祖父。曾祖母去世后，曾祖父独自一人带着幼小的孩子坚守桑树店，每天都有许许多多的困难，单是收洗一类的事就无法进行，只好任凭虱子在儿子头上"做窝"，头发都结成了团。好在远隔15公里路的姑娘——我们的蔡家姑婆，总在惦记着桑树店的亲人。每过一段日子，她都要专程来桑树店收洗料理一番。直到她的弟弟，我们的祖父长到八岁，去黄家凹的地主家放牛，算是有了个落脚点为止。

租住桑树店街上后，谋生的手段主要是兴园子种蔬菜。园子是租的土地，租别人的土地种自己的蔬菜，没有租金就借贷。曾祖用汪家洲自家仅有的一斗多的田（相当于现在的二分之一亩地）做置抵，借到了租金租到了土地，开始兴园子种菜了。但是，日子仍然艰难，家中还是到了完全揭不开锅的地步。实在没办法，曾祖咬着牙把那块承载着一家人生存希望的一斗多的田卖给了族人。

不利的自然气候频繁发生，直接影响到劳动的计划与收成。1928年是戊辰年，久旱无雨，桑树店的菜园子里几乎看不到菜苗。面临这样的恶劣气候，不屈不挠的老人不怨天，不怨地，不放弃。年逾花甲的曾祖带着长大成人的次子，索性在菜园子搭起了草棚，日日夜夜守候在田里，无休无止地干活。

首先是要保证菜苗有水。塘堰干得发裂，祖父只有下漳河去挑河水。当时的河岸坡陡，爬上爬下很艰难，从河里挑一担水上岸，丝毫不比长途挑脚省力。祖父白天顶着烈日爬河坡，晚上还要借着月光捉菜虫。身体不便的婆婆（祖母）也投身其中。用手捉虫费劲，就用纺线的梃子尖儿去挑虫。这样不分昼夜地连着干，前后共计46天，没歇一口气。两代三口人都脱了一层皮，瘦成了皮包骨，终于换来了蔬菜的好收成，赚到了一笔钱。不料，也招来了盗贼！曾祖放在草棚子里的衣服被人盗走。为了避免再遭不测，一家人只能转移到街南头的天主堂去借住，继续守望自家的菜园。

贫寒人家百事哀。

1928年秋后，在天主堂守望着菜园子的曾祖去世。按照习俗，安葬入土需要用米。可填肚子的米都没有，又哪里去找安葬的米呢？还是有同情心的街邻给了一碗米安葬。安葬地也是别人的（这个地方后来成了桑树乡学校的讲坛，现在盖上了住房）。这里原是孙姓人家的一块贫地。孙家为了试地，先给我们家安葬曾祖，后把整块地卖给了我家。如果不是孙家的善意，我们曾祖恐怕难以入土。

老屋旧照

先祖回眸堪笑慰，增光添彩有后人。经历了一百多年的艰苦奋斗，当年的血脉，如今蓬蓬勃勃，红火兴旺，"光荣军属""光荣工属""光荣之家"等光荣牌，相继挂上了门庭。家中人才茁壮，在各自的岗位上，挥洒着汗水，奉献着智慧，贡献着力量，谱写出全新的篇章。

文盲脱帽

几十年来，我们家中，有一件往事总在口口相传。尽管经历了站起来、富起来，又进入了强起来的时代，这件往事却总令人难以忘却，并且至今仍在发挥着激励作用。

那就是，没有文化受人欺。

从我们已知的信息看，我们家祖上都没有人上过学堂，都是地地道道的"睁眼瞎"——只字不识，因此也没少吃亏。

曾祖一代来到桑树店后，咬着牙关，站住了脚跟。他们的子女继续坚持在桑树店发展，他们继承先辈的奋斗精神，每天五更起半夜睡，把臭的挑出，把香的挑进，一年四季不停地干。不但兴园子种蔬菜，还发展到为人加工整米，终于有了一定的积累，开始购房安家。1940 年，在桑树店这个当时被人们称为"小汉口"的三县接壤的商埠，买了一栋住宅。以此为标志，结束了本家先人在桑树店居无定所的历史。几十年的饥寒交迫，几十年的日夜奔忙，几代人的心血与汗水，几代人的梦想与向往，都在这栋房屋中汇聚和储存。

甘甜常与苦涩相伴。与购屋相伴的苦涩，就是没有文化受人欺。因为买屋时，负责写合同的人欺负我们家没有人识字，谎称房屋只卖到了屋后房檐滴水处为止。那人又说，要想改变这一条，需另加 70 块光洋（即银元）。买卖双方的合同明明不是这样，这纯粹是写合同的执笔者，即写约人的私心作怪，企图另外敲诈一笔不义钱财。祖父祖母明知执笔人欺诈，自己却没有办法，急得痛哭了三天。但执笔人还是不肯改变。最后，祖父祖母只得按他的要求，再出了 70 块光洋。

这件事，强烈刺激了祖父祖母。老人们发誓，宁肯不吃不喝，也要让后人读书识字，不能再吃这类没有文化的亏！

正因为有此前车，祖父祖母下定决心，非让他们的儿子，我的父亲读书识字，把我们家庭的文盲帽子彻底扔掉！

当年家庭的条件仍然十分有限，负债累累，甚至出现过断炊的情况。因此，父亲读书，采取了"半耕半读"的方式，农忙季干农活，农闲时学文化。先后在桑树街北头的"善堂"和南头的"天主堂"，断断续续地读了四个"麦黄雀"（方言，即"麦黄学"，指秋后第一学期）。"麦黄雀"的文化水平，大概相当于初级小学文凭，在社会上并不引人注目。然而，这对我们家庭而言，却是可以划时代的，具有很深刻的意义和价值。以此为标志，我们家庭正式摘掉了文盲帽子。

虽然摘掉了文盲帽，父亲仍然必须与老一辈们同样地劳作，下田耕种，十四岁就已熟练地掌握了全套农活技术。他也有超越前辈之处，就是长途贩卖——去周边七八公里的安陆、应城、京山等多处集市赶集。的确是五更起半夜睡，经风雨见世面。

正是这番苦其心志，劳其筋骨的磨炼，才使"麦黄雀"显现出宝贵的价值，铺出了通向光明的道路。1947 年冬天，家乡桑树店地区先于县城解放，桑树街（村）准备建立新的农民协会。在这种形势下，有人心存观望，有人畏缩。摘掉文盲帽子的父亲，却激流勇进。当乡亲们推选父亲担任农会负责人时，父亲不负众望，挺身而出，勇往直前，进而加入了建设国家的队伍。

全家福（摄于 1981 年春节）

四代大团圆

这是我们家 1981 年新春佳节的全家福。

这年的春节，我们全家四代人第一次实现了大团圆。但是年迈的祖母却身体欠安，除夕那天还躺在床上不能起来。亮灯时分，祖母硬是撑着身子下床吃了团年饭。其实，这时老人的身体依然不好，只是为了安慰儿孙们的心，营造一个大团圆的氛围，才支撑着下床的。在我们返回武汉上班的前一天，父亲出乎意料地请来摄影师，照了这张全家福。

全家四代 13 口人，如一棵枝繁叶茂的大树矗立在祖屋的后院里，团团地把年逾八旬的祖母围在正中，父母左右陪伴，曾孙曾孙女环绕膝前，我们孙子孙媳和孙女站立于后，怀里抱着的是我妹妹只有几个月大的大女儿。祖母在照片中的位置，生动形象地反映出老人在我们家庭的核心地位。我们后来再也没有与祖母一起照过全家福。每当看到这张全家福，我总会想起祖母为我们家庭兴旺发达建立的功绩；每当思念祖母的音容笑貌，我都会拿出这张全家福端详良久。

我的老家在三县交界的漳河西岸的桑树店。当年，贫困交加的曾祖父用一条扁担挑着两只箩筐逃荒来到这里，上无片瓦遮身体，下无寸土立足地，只有靠当雇工出卖体力谋生。因为贫穷，祖父将满 27 岁才迎娶祖母。二人成亲的那天，天寒地冻，曾祖父还在赤着脚从一里开外的漳河里给富人挑吃水。全家人寄居在小镇上的"善举堂"。

祖母的到来，不但为家里增添了一名青壮劳动力，更为重要且可贵的，是注入了发愤图强的思想，和不屈不挠的精神。从此，家庭开始由雇工变成佃户。佃户的日子当然也很艰难，苦惯了累惯了的祖父祖母终日与土地为伴，吃住都在租种的菜地里。那一年普天大旱，祖母祖父依然夜以继日地苦守在菜园里。两人轮换着从漳河里挑水上来浇菜。其实，此时正值大旱之年，漳河已经断流，无水可挑。祖父祖母仍不肯罢休，就在河兜里挖水凼，等水凼沁满了后，再用葫芦瓢一瓢瓢地舀起带着泥沙的河水，然后沿着呈 45°的斜坡攀上河岸，一棵一棵地浇灌菜苗。

果然是一分耕耘一分收获。那一年，祖母祖父终于用心血和汗水换来了大旱之年蔬菜丰收的奇迹。看到自己的付出有了回报，老人有了一种心理上的满足，也第一次有了伸直腰杆子的感觉。从此以后，我们这个家庭开始了漫长的脱贫之旅。

老天爷似乎有意为难穷苦人。那年天旱又遇虫灾，菜地眼看就要荒废。祖母常常在晚上借月光用纺线的梃子在地里灭虫。人毕竟不是铁打的，祖母又热又累，得了急痧（严重中暑），昏倒在地里。等病情稍微好转，又爬起来继续干活。由于没有得到医治，这种疾病一直折磨着祖母，直至终了。

如今，这张全家福中的第四代也都长大成人，并且有了新世纪的接班人。那个照片中最小的女孩也成为一名海外归来的白领。祖辈发愤图强的精神和坚忍不拔的意志，正在新一代中间发扬光大，开花结果。

父亲的背影

一

打开《中国档案百科知识库》，我看到了一位非常熟悉的老人的名字：中华人民共和国湖北省孝感市安陆市档案馆首任馆长——汪立民。

有文字记载：1959 年 1 月 7 日，中央发文统一管理党政档案工作。元月中旬，安陆县设立档案工作委员会，县委书记处书记李子润任主任。22 日，设县档案馆，首任馆长汪立民，另配干部两名。

这是桑树店人被明确载入中华人民共和国安陆史册，且进入了《中国档案百科知识库》的一则重要资讯。

慈父立民公，1929 年 2 月 7 日（农历戊辰年腊月二十八）出生于桑树店一户居无定所的贫寒人家。

父亲中年时留影

1947年冬天，中国人民解放军刘邓大军开进抗战时期的京安应根据地桑树店一带，随后开始土地改革。但是，周边许多重点区域，仍处于国民党的管辖下，不断有翻身农民被杀害的事件发生。就是在这种政治状态下，1948年3月，桑树村贫雇农协会成立，年轻的父亲被乡亲们推选为协会副主席。这是土改工作队和翻身农民对父亲和他的家庭的信任。然而，老实巴交的家中老人却忧心忡忡，极力阻止父亲参加农会工作。父亲信念坚定，无所畏惧，一面与家中老人周旋，一面变着法子坚持参加农会工作，积极主动地完成各项任务。由此，受到了工作队和上级领导的赏识。

后来在解放应城的战役中，父亲被选派担任随军司务长，直接投身炮火纷飞的战场，为参战的子弟兵保障供给。应城解放后，父亲又参加了解放武汉的行动。他被派往几十里外的云梦义堂兵站，担任军需供给的管理员，保证解放武汉大军的物资供给。义堂兵站处于南下武汉的交通要道，车马川流不息，军需供给任务十分繁重。而这个时间，也是我们家庭生活的节骨眼，父亲的第一个孩子——我即将出生。这是喜是忧，难以预料。家中需要"顶梁柱"，生活需要"管理员"。但是，在家事与支援前线两者之间，年轻的父亲深明大义，以"支前"为重，夜以继日地坚守在义堂兵站，保证大军的军需供给，直到任务圆满完成。

初出茅庐的父亲受到了组织的青睐，被继续委以重任！中华人民共和国成立后，父亲起初被安排在桑树乡协助税务征收，随后调任桑树铁木联合社会计。不久后，调巡店供销合作社担任副主任，积极带领和组织乡亲们投入热火朝天的合作化运动，并光荣地加入了中国共产党。这期间有乡亲刚开始对参加合作化犹豫不决，甚至不愿脱产，要求回家。父亲耐心细致地对他进行劝说，终于劝服了态度犹豫有退社打算的乡亲。由此，也改变了对方家庭日后的发展轨迹。

通过革命实践的培养与考验，父亲不断地成长和进步，受到了党组织更加热切的关注与重视，继而迎来了新的责任与重担。1955—1956年，父亲作为安陆县三名选调干部中的一员，进入湖北省合作供销干部学校学习进修。学习结束后，组织上分配父亲进安陆县供销合作社机关工作，担任供销社计划股股长。当时正是计划经济快速发展的时期，必须分秒必争，发展生产，保障供给。父亲夜以继日，呕心沥血地不停工作，确保全县供销合作系统的物资供给分秒不误。由于工作出色，接着，父亲被调入了中共安陆县委财贸政治部工作。

虽然父亲由此工作地点发生变化，巡店的组织和当年的同事，仍然与他保持着深厚的感情和定期的联系。每有重大活动，特意向县委申请，要求派父亲来巡店帮助与指导。1958 年，巡店区召开成立人民公社的万人大会，父亲受邀，代表县委机关来到现场，忙前忙后，一同见证这一历史时刻。

在多个岗位的历练中，作为翻身农民的父亲不断地成长与进步，受到了中共安陆县委县人民政府的充分信任与重视。1959 年 1 月 7 日，中央决定对党和政府的档案工作实行统一管理的文件下发后，1 月中旬，安陆县设立了档案工作委员会。同月 22 日，成立了安陆县档案馆。首任档案馆馆长，由 30 岁的汪立民担任（任命文件上为副馆长，暂以副馆长之名代理馆长职位）。

对各级党委和政府的档案工作进行统一管理，这是中华人民共和国跨进十周年之际，全党、全国各级政府的一项共同任务，必须保质保量地圆满完成。安陆县的干部队伍来自五湖四海，人才济济，中共安陆县委和县政府却从全县干部队伍中挑出我的父亲，来担任安陆县的这项工作，体现了对这位农民儿子的充分信任，同时，也寄托着殷切希望。那时的安陆县档案馆，一方面要对原有的旧档案接收与管理，一方面要对与共产党有关联的各种档案资料进行收集、整理，然后编辑、归档。其涉及面广，跨越时间长，工作量大，如此情况下的安陆县档案馆，工作人员新，工作任务新，工作环境新，因而缺乏经验，缺乏基础，也缺乏多种应有条件，需要边干边学，不断摸索前进，总结提高。这时期的县档案馆，名称为"县委档案馆"，工作地点在县委机关办公楼（即通称的"红瓦屋")一楼，主管领导是县委书记处。县委的中心工作，县档案馆义不容辞。因此，父亲常常参加县委工作组，到乡下调查研究，检查工作，了解情况。越是边远地方，越是要去。赵棚、青龙、雷公等区，地处边远，多是山路，崎岖不平，父亲仍常常前往。

此时的安陆县首脑机关，工作条件已有改善，完全不同于中华人民共和国成立初期时了。下发文件，检查工作，已不用骑马代步，而是骑自行车了。然而，交通工具换了代，通行的道路仍然没有变。有一次父亲与同伴去棠棣区（今安陆市棠棣镇）调查研究，过了府河后就是崎岖的山路。尽管道路窄且多坑洼，为了赶时间，一行人仍不畏困难，勇往直前。果真是"行船遇上了顶头风"，迎面走来了一群人！父亲与同伴主动下车避让。然而，未曾料想，避让也有麻烦。父亲连人带自行车一起摔下土坎，裤腿被撕开，左腿被拉开了一道筷子长的伤口，鲜血直流。幸亏棠棣区得到讯息，当即组织人员用担架将父亲抬回了县城治疗。为了不影响工作，在县医院进行治疗后，父亲主动回到了办公的红瓦屋，在一楼档案馆的大库房中开铺，一边疗伤一边工作。没等到痊愈，就带伤下地，恢复日常工作。"心急喝不了热汤。"由于父亲急着工作，治疗匆忙，以致这道伤疤，长成腿上的一条"蜈蚣"，伴随终身，成了对父亲任档案馆长经历的一种特别纪念。

二

1961年5月，根据上级统一部署，安陆县档案馆撤销。父亲面临着人生的一次重大而且关键的抉择。新的岗位新的任务正向父亲招手，生养父亲的乡土也朝他敞开了怀抱。故土难离。经过艰难的思想斗争，父亲决心重返故土，造福桑梓。父亲经过多次申请，回到了自己参加革命的起始地——桑树店，担任公社党委领导职务。

由此开始，这位从巡店走进县委机关的翻身农民，重新回到农村工作的火热一线。历经多次机构变更，经受一系列暴风骤雨，父亲初心不改，始终如一地保持共产党人的本色与优良传统。时至今日，父亲亲力亲为的一些事情，仍然被乡亲们津津乐道，口口相传。

洪山地区的老农民也清楚地记得，父亲在洪山公社工作时，面对上级统一种植早稻的命令，没有盲从，而是根据自己长期在农村工作的经验及洪山地区的自然环境，大力推广中稻种植。为此，父亲受到了上级领导的大会批评。结果，当年的早稻严重减产，洪山公社种植的中稻喜获丰收。事实是最有说服力的，曾下达命令的上级领导主动在个别场合，表扬了洪山公社和汪立民同志从实际出发的精神，以及忍受委屈、不计荣辱的美德。而洪山公社的群众，真真切切地感受到了"手中有粮，心里不慌，脚踏实地，喜气洋洋"的感觉。

当年巡店财政税务所的同事们，一直念念不忘父亲的忘我精神，感念父亲对工作认真负责的精神。特别是从其他地方调进来的年轻同志，一直没有忘记父亲对他们的关心与爱护，鼓舞他们振奋精神，大胆工作，不断前进与进步。

1986年夏天，即将离开财政税务工作岗位退居二线的父亲，回顾参加革命工作近40年的历程，无比感慨地写下一段文字："一直到现在，（我）在工作中不断受到了为人民服务的教育，时刻记住与人民同呼吸共命运，千万不能脱离群众，千万不能把自己放到人民群众的对（立）面，哪怕是一点点小事，也要与群众同甘共苦。因为我有这些信念，所以，办事总是看是否有道理，是否合乎民意。用这把尺子去检验我们的工作，而不是利用工作之便去弄权，搞应变措施；不去欺哄上级，不去欺哄人民，也不管社会上的种种纷争，我总是善于持重。所以我参加工作几十年，从未捆（绑）过人，打（骂）过人，从不占群众一针一线。对于巧取豪夺、腐败没落阶级的行为，我是深恶痛绝的。"这段文字，因为照原文抄录，口语化明显，我便用括号附加了几个字，以便阅读。这是原本一位老共产党员的内心独白，然而也是一位翻身农民对自己革命足迹的一次扫描。

父亲退休后留影

三

　　长期的艰苦工作，给父亲的身体健康带来了严峻的考验，多种疾病悄然来袭。上班时间，父亲坚持工作不治病，退休以后有时间治病又受条件限制，只能因陋就简，自力更生找民间医生问诊。实在不能坚持了，父亲才破例走进了省里的大医院。然而，在大医院住了一个星期，也没有治疗效果，还经常因为住院费"拉警报"。无奈之下，父亲终至告别人世。

　　疾病是恶魔，从来不会对人让步。1999年3月7日，农历正月二十，中华人民共和国安陆县档案馆首任馆长，在原住地桑树街，因疾病没有得到有效治疗，在自己生活的家中与世长辞。桑树人民的儿子，又回到了生他养他，让他为之奋斗了一辈子的故乡土地。

父亲（右二）在子孙陪同下参观洪湖瞿家湾

父亲自述

我所在的桑树地区，是刘邓大军（刘伯承、邓小平领导的中国人民解放军）跃进大别山之际，于（一九）四七年冬天得以解放的。随即，（一九）四八年春，安陆解放了。当时，我就参加了地方的民兵工作。在随后成立的贫雇农协会上（贫雇农协会，也称农民协会），我被推选为副主席（当时正主席为汪汉青）。（一九）四九年春，我一边为（解放）大军过长江筹集物资，一边为（解放军）部队攻打应城的随军司务长（史料记载，应城于1949年3月全境解放）。同年四月，我被正式调至云梦县义堂镇百万大军渡江兵站当保管员，负责人是董声远、徐诗文。我们的工作属前委直接指挥。此时，我已编为支前工作的脱产人员，待遇是按当时解放区县级以下党政干部的标准，即每月包干，定为大米120斤，其中45斤发米，另75斤按市价折钱，发给了本人。在大军过江的一切工作完成后，我又被兵站介绍回桑树乡政府，负责各种税的征收工作。随之进行了筹备供销社的工作（亦称"三大"合作，即供销、信用、农业合作），组织农民入股办供销社。从此，我便在合作社工作、学习、任职，直到（一九）六〇年调往行政（实为由安陆县档案馆转入公社任职），（一九）八〇年转调财税系统，直到现在。

这便是我参加革命工作的一些简要情况。

本文节选自父亲晚年核定参加革命时间时所提供的文字，后被组织调查认定。内容有删改。

赵家条时光

　　父亲的经历，像是一张纯白的纸，记录着那个年代的纯朴、无私和勤勉。

　　我家珍藏时间最长的一张老照片，是正宗的 20 世纪 50 年代的"产品"，它不仅留住了父亲 28 岁的青春容颜，还记录了他在省合作干校一段难忘的学习生活。

　　省合作干校，全称是湖北省供销合作干部学校，地址在汉口赵家条。学校的前身是中南区合作干部学校，中南区撤销后，1954年 8 月被移交给湖北省供销社，于是就有了这所学校。那时赵家条是汉口的边缘地区，附近就是农村。父亲告诉我，坐在教室里，抬头就能看到外面滚滚的麦浪和金黄的油菜花，闻到泥土的芬芳。

　　父亲是安陆人，1948 年解放安陆那年，他当选为村农会副主席。不久，他参加了支持解放军渡江的军需供给工作。7 年后，父亲担任区供销合作社副主任。作为一个"革命积极分子"，父亲和另外两位同乡，参加了省供销合作社干校第三期的学习，来到了武汉。

　　能来到大武汉，对于农村长大的父亲来说，当然是一件了不起的大事。他多想去逛逛中山公园、民众乐园，看看武汉关和长江大桥工地（武汉长江大桥于 1955 年 9 月开工，1957 年 10 月 15 日正式通车），可学习实在太紧张。学校的教学方式都是开大班上大课，颇有大兵团作战之风。一个班有 120 人之多，每次上课都像听报告，懂不懂都是讲一遍就过。这对于只读过四年"麦黄学"的父亲来说，比干供销工作还吃力，他只好把业余时间和节假日都用来补习。好不容易到了春节，这可是父亲把母亲接到武汉来玩的好机会，可头天刚宣布放假，第二天父亲就回到了单位开始工作。父亲就是这样热爱学习，纯朴而无私。

从 1955 年 11 月到 1956 年 5 月，父亲在赵家条学习了半年，收获不小。为了记住这段难忘的时光，他们三位同乡留下了这张合影（前排右为父亲）。虽然历经近半个世纪的风雨沧桑，这张照片依然完好无损，记录着父亲和那段美好的时光。

父亲与两位同乡的合影（前排右为父亲）

忌日难忘

今年的 3 月 7 日，是给我留下终生遗憾，让我一生难忘的日子。

这天虽然是星期日，我仍按照平常上班的时间，一大早便来到了位于九峰山脚下的火车站办公室。我将在这里值班一天一夜。

11 时 13 分，BP 机响了（BP 机是当年的紧急联络工具，只能接收文字，不能通话）。是老家的电话传呼！我立即用长途电话回了过去，听到弟媳在电话那头哽咽着："父亲……就了！""就了"是我们家乡的方言，是"结束"的意思。我听懂了"就了"的含义，禁不住泪水盈满了眼眶。但仍心存侥幸，希望这一信息不准确，更希望会有奇迹发生。我抬头仰望家乡的方向，沉默片刻，便开始安排值班事宜，接着又通知在汉的妹妹全家和我的妻儿。我无法跟他们多讲，只能要他们统统赶回老家去。我宁愿这个决定是错误的。

一路上，悲伤与懊悔两块巨石沉甸甸地压在我的心头。生死诀别，父亲与我们从此阴阳相隔。再也听不到他的教导，再也无法感受他的亲情，这是作为儿子最大的悲伤。然而，因为工作忙，再三错过回家的时机，没有对病中的父亲尽点孝心，甚至临终时都不在身边，更是铸成终生的遗憾。我好懊悔啊！

父亲生于 1928 年戊辰龙年除夕前一天。但是，迎接他的是上无片瓦、下无寸土的家境。还是人民解放的潮流给他带来了人生的转机。他在安陆解放的进程中，组建农会，支援应城解放和渡江战役，投身土地改革，随后加入中国共产党，为人民服务。从家乡到县机关，从财贸战线到财税岗位，从白兆山下的调查研究到黄陂农村的"社教"，经历了半个世纪的各项变革，目睹了七十余年沧海桑田。正如乡亲们所说，父亲的一生是一个农民的奋斗史、翻身史，是家乡几十年变迁的一个侧影。

父亲长期生活工作在农村，艰苦的工作环境使他染上了咳嗽，没有根治，以致变成哮喘病。父亲的病十分奇怪。在职的时候，他几乎没有住过医院。退休了，病也越发严重。十多年来，每年至少有一场重病，但是每一次重病他都不告诉我们这些在外地的子女，以免我们分心影响工作。因此，我们在外地的子女没有在病床前服侍过他一次。这一次病倒后，将近二十天的时间里，父亲也是一直在家中治疗。大概他仍然相信自己会大难不死，始终都没有提出要我们回去探望。春节前我回家时还对他讲，要他春节之后把参加工作以来的经历写一写，然后由我全整理出来。当时他以为我是准备为他做祭文，微笑着应允了，然而却没有和我交代后事如何安排。父亲并非没有想过这个问题。他曾多次与母亲谈到过后事，他担心弟弟能否担当起料理丧事的任务，却就是没有指望作为长子的我。

实际上，这一回，父亲从春节就病倒了，但是没有去医院治疗，而是按自己的习惯，在家里苦熬。他是为了不影响我们子女，也不愿意因为医药费去麻烦单位，以致耽误了治疗！父亲就是这样的性格，他一辈子替人着想得多，替子女想得多，替工作想得多。

来到父亲的灵前，我长跪不起。我懊悔，我痛心！父亲在生死关头不弯腰，我们子女该出手时也未出手，以致造成终生遗憾。我记住了这个让我悔恨终生的忌日，记住了1999年的3月7日，记住了这个父亲生命的句号。

母　亲

　　母亲是农村妇女，大字不识，但她用自己辛勤的汗水与独特的智慧，在平凡的日子里，为我们倾注了无私的爱，留下了无数深刻的回忆。母亲已辞世 10 年，但她的音容笑貌，还常常浮现在我眼前。

一、特别的生日

　　母亲很平凡，却有一个特别的生日。她出生在除夕。

　　90 年前的年三十，正当左邻右舍忙于除旧迎新的时刻，一个幼小的生命降临在我们家乡的小镇。这的确是个吉日良辰，全国各地燃放起喜庆的鞭炮，点亮了红红的灯笼，张贴着祈福的春联。然而，那是个命途多舛的年代，除夕也并非全是喜庆与甜蜜，苦难与厄运同样相伴。这个小生命，还在童年时代，就被贫困与疾病夺走了母亲，家庭生活的苦难毫不掩饰地压上她的头顶。苦难煎熬着她的肉体，苦难也磨砺着她的志气。伴随着无法绕开的重重苦难，母亲如同一朵寒冬里的梅花，一天天成长，吐艳芬芳。

　　母亲出嫁后的日子同样苦乐相伴。1947 年冬天，刘伯承、邓小平领导的人民解放军，解放了我们家乡。我的父亲，被推选为我们小镇的村农会负责人。这时，周边的许多重镇，仍在国民党的掌控之中，拉锯战时常发生。父亲迎难而上，风里来，雨里往，积极开展土地改革工作。母亲虽然十分担心父亲的安危，但还是全力以赴支持他的工作，甚至陪伴左右，挨家挨户宣传发动。尤其是 1949

年的那个早春，我——这个世代漂泊、刚刚落户的家庭的长子，即将出生，母亲心里当然充满了甜蜜。然而，正值人民解放军准备进军华中重镇武汉的节骨眼，年轻的父亲，被抽调去40里外的云梦义堂承担"支前"任务，正在保障军需供给的兵站忙碌不停。母亲不仅要独自承受着身体的痛苦准备分娩，还要为父亲的安危焦虑不安。阵阵寒风，搅动着母亲的无限忧愁，片片音信，都会在母亲的脑子里激起层层波澜。母亲，一个普普通通的乡村妇女，自然而然地把自己与人民解放的洪流紧紧联系在一起了。直到解放军进入汉口前，5月12日，我顺利诞生，母亲身上的双重负担才缓缓放下。

中华人民共和国成立后，母亲的生活甜中有苦，五味杂陈。参加扫除文盲活动，这对于母亲无疑是必要而且有益的。然而，"扫盲"是突击式的，乡亲们白天忙农活，晚上集中进行"扫盲"识字。我亲眼见母亲和同伴们凭借小油灯，在乡政府后面的露天场所集中学了几次识字，真可谓"黄卷青灯"，只不过收效不明显。母亲真正认识的字，只有从"1"到"10"的阿拉伯数字，因为人民币上有这些数字，而10以上的数字则要靠人民币的颜色辨认。

父亲在外面当"公务员"，我家在生产队没有男劳动力，母亲便常常既干女工又干男工。有的活两只手不够用就用自己的脚甚至用嘴与牙齿助阵。有时往麻袋装粮食，一双手扯着麻袋口还不好装，母亲就用嘴去"帮忙"。牙齿紧紧咬住麻袋口，灰土、尘雾直往身体里钻，也只能自己"笑纳"。难以防备的是对牙齿的突然袭击，大量粮食瞬间冲进麻袋，直接造成嘴唇鲜血直流，随之还有牙齿受损。久而久之，母亲的牙齿几乎"贡献"光了。

也许是受到了除夕的特定氛围的熏陶，母亲几十年来一直热心快肠，乐于助人。自中华人民共和国成立以来，我家一直与乡政府为邻。乡亲们找乡政府办事，常常拉上我母亲帮场，其中帮忙办领结婚证更是常有的事。当时的农村青年害羞，说话不连贯，母亲出面帮忙说道能少费许多周折。后来有些事，需要到区政府去办，母亲仍然有求必应。去区政府要步行七八公里山路，而且没有任何报酬。那个年代不讲报酬，不兴请客吃喝，想请吃请喝也没有地方。

其实，有的事不用别人来求助，母亲自己也会主动去帮。有家老街坊，主要靠卖菜维持生活。但是，他们的儿女外出打工，自己身体又不好。母亲见此情景，便主动跑去帮忙。落雪结冰的冬天，母亲也不曾间断。街坊担心她老人家摔倒，母亲却沾沾自喜，说自己从来没摔倒过。

生于除夕的母亲，携手苦乐，一路前行。她把经受的所有苦与难，独留给自己，却把苦与难化成了甜，化成了乐，献给了家庭，献给了亲人，也献给了乡邻。正如她名字中的那个"芳"字，一路芬芳。

二、"专供"的物品

家乡流传一句俚语"世上只有瓜恋籽，哪里见过籽恋瓜"。其实，这句话不是绝对的。我家那并不是在奶奶身边长大的儿子，对奶奶却有很深的感情。近来，儿子接连几次情不自禁地怀念起他的奶奶，我的母亲，说起他小时候见到奶奶专程给他送鸡蛋的事情。往事重提，我的记忆也清晰起来。

那是儿子上小学时的一个暑假，我带着儿子从省城回到父亲工作的地方。吃罢晚饭，天色渐黑，忽然有人走进屋来。微弱的灯光下我们终于看清，来人是我的母亲。原来，母亲听父亲托人转告的口信，说我们回来了，特地从家里赶过来的。母亲带来了满满一大篓子土鸡蛋，要我带回省城吃。我的老家离父亲工作的地方有七八公里山路，那时没有班车，母亲靠双腿跋涉而来。夜色中走山路本就困难，手提满篓子鸡蛋行走更加吃力，稍有闪失，不但鸡蛋会粉碎，人也会摔跤。母亲能够一路平安无事，这多亏了她几十年的磨砺。父亲离家在外，家里的重活累活都是母亲一肩挑，也练就了她跋山涉水的本领。

我们的"专供"物品当然不止这一篓子鸡蛋。我自从13岁进入初中后，就离开了家，开始了由母亲提供生活物资的日子。我读的初级中学就在父亲后来工作的单位旁边。饭是学生自己带米来蒸的，菜是学生从家里带的咸菜。最好的菜要数家乡的特产白花菜炒瘦肉，既不用加热，又可长时间保存，美味可口。母亲总是提前在家里挑选鲜嫩的红梗白花菜，切碎腌制。然后放进瘦肉炒匀，再装到口小肚大的瓦罐里封好，等我回家去拿。我每次回家，除了拿米和菜，还有一项任务就是饱餐几顿。我最喜欢吃母亲做的汽水馍。麦收之后，母亲用刚加工出来的新鲜面粉拌进米酒发酵，然后做成馒头的形状，贴到大铁锅周围，再在锅底注上水，加盖蒸熟。底脆面软，香甜诱人。母亲制作的汽水馍，远比今天高价月饼强过许多。如今回忆起来，我仍满口生津。

母子合照

儿行千里母牵挂。无论我多大年龄，无论我身在何方，母亲总是把我挂在心上。我参加工作来到省城，母爱仍然绵绵。母亲知道

126

我最喜欢她做的米酒，就在老家做好后找机会带给我。老家距省城100多公里，带米酒很不方便。母亲就把做好的米酒装进不容易破碎不会泄漏的容器中，既能存放又好携带。后来汽车方便，母亲干脆用大脸盆做好后，只等有便车就把整盆米酒带给我。这时母亲也不限于米酒了，还有鸡蛋、糍粑、汤圆等，应有尽有。

母亲供给我们的很多物品，都不是唾手可得的，无一不需要积累，需要提前准备。母亲的专供物品是用心血和时间凝聚成的，滋润了子女的生活，滋润了子女的家业。还有的物资不是年迈的母亲自己做出来的，是需要时间采购的，费力又费时。后来，母亲的身体大不如前，我们实在不忍心，故意生气不要她的物品。可是，每次母亲都是接受批评却照样不改。

母亲的身体一直不好，尤其骨骼损伤严重。到后来，走路都很困难。然而，母亲对我们子女依旧爱得火热，变着法儿向我们倾注自己的爱。母亲已经不限于"来料加工"了，她执意自己动手，为我们种植绿色食物，老宅的后院空闲多年，杂草丛生。母亲佝偻着身体，荷锄挥锹，硬是一锹一锄把这片地开垦出来。然后，轮番种上黄豆、花生一类能结果的庄稼，收获后送给我们。还有菜籽、芝麻，收获后，母亲又去换成食油，供我们使用。这就是我们的白发亲娘为我们定制的绿色食品，是名副其实的"专供"产品。这份爱，如同血液，注进我的血管；如同阳光，温暖我的全身。

三、痛苦中西行

我的心中一直有种隐痛，尤其是母亲节到来的时候。母亲还在疼痛吗？母子连心，母亲的疼痛，强烈地牵扯着儿子的心。我的心如有万针刺过，疼痛不已。

母亲性格坚强，许多疼痛都是自己默默忍受，不找医生，也不告知他人。可是，2010年的那个春日，我从深圳打电话回老家，母亲却忍不住告诉我，说她浑身骨头疼痛，要我回家后带她到武汉治疗。这是母亲从来未有过的态度，我自然不能等闲视之。回到武汉后，我立即把母亲从老家接来就诊。医院诊断，母亲的腰脊骨、椎间盘多处严重损伤。但是，哪怕再相熟的医生，除了开些止痛的药物外，就是让老人卧床休息。我们家人仍不甘心，找到一家权威医院的专家。专家看了之前拍的 X 光片和母亲的现状，却让去急诊室。然而，急诊室也不受理。专家们对于我痛苦不堪的母亲，表现出明显的无能为力。我的心头涌起一片阴云。据说长久的骨痛，可能转变成骨癌！

母亲的骨痛的确时间不短。父亲工作后，离家的距离越来越远，留在农村的我们家，成了名副其实的"半边户"。母亲独挑全家重担，里里外外忙不停。当年的电影《李双双》中的主角李双双，一心为集体，不怕风和浪，受到人们尤其是农村观众的追捧。母亲也成了乡亲们心中的李双双。在"革命加拼命"的热浪中，母亲的筋骨严重受损。还不到 40 岁的时候，腰痛已经严重到不能下床了。但是母亲咬牙坚持，不能干重活就干轻活，洗衣服做家务，每天照样忙得团团转。先在家里洗完衣服再到池塘中去冲洗。凛冽的寒风中，母亲佝偻着，艰难地往返一公里路，整个身体如同一只弯弓在田垄上缓缓地挪动。

母亲除了骨伤，还经受过突发的灾难。有一次在家中用电水壶烧开水，刚接上插头，母亲就被电流击中。幸亏有人在身旁，迅速切断了电源，使母亲脱离了险情。但是，她的身上仍然留下了明显的蓝色伤痕。然而，母亲似乎很快忘掉了这次灾难，根本没有去医院看医生，只是在家里抹了点治疗烧伤的药品了事。在我的记忆里，母亲永远是小病扛，大病躺，从来没有住院治疗病痛的情况。似乎生于除夕的母亲，永远只用自己的意志，与病痛进行顽强抗争。

母亲还会"自讨苦吃"。那一年冬天，弟弟在乡下拆旧屋盖新房，家具物品全部敞在露天。母亲放心不下，执意自己承担起夜间照看任务。她硬是在工地上搭起床铺，一个人值守。为了便于观望，床铺周围竟然没有任何遮掩物，寒风直钻被窝。老天爷非常不通人性，接着又下雪了，母亲才加上了几张塑料布。其实，母亲或许对寒冷与病痛已经麻木了。

这一回，一辈子刚强的母亲低了头，瘫倒在床上。医院开的药她也不愿用了，用了照旧疼痛。母亲就这样默默地忍受着钻心的疼痛，以另一种姿态与病魔进行着顽强的抗争，连呻吟都强忍着。直到驾鹤西去，也没有听到一声呻吟。

母亲的病痛是一面反光镜，它折射出母亲这一代人曾经在农村建设的飒爽英姿，也透视出一位普通母亲对子女、对家庭的滚烫爱心和无私奉献。母亲的疼痛，使我们子女心痛，也增添了我们对母亲的崇敬和对勤劳朴实妇女的景仰。"十月胎恩重，三生报答轻。"平凡又伟大的母亲、我们三生三世都感恩不尽。母亲慈爱的音容就像暖心的春晖，在我们心中永驻长存。

2021 年定稿

接母亲来汉

母亲生于农历除夕。这本是个热闹的日子。可是，母亲却从来没有热热闹闹地专门过过一回生日。父亲去世后，我和同在汉工作的妹妹一直有心要把母亲接来补上这一仪式。每次刚一开口，就被母亲以种种理由搪塞过去。

那是母亲 70 岁生日前夕，正好妹妹搬了新房。农村有习惯，入住新居当年的春节要热火朝天地闹闹房。于是，妹妹以这个能让老人接受的理由为借口，想把母亲接到武汉过年，准备为老人好好庆祝 70 岁生日。她兴冲冲地给母亲打电话，却照样又被母亲拒绝了。母亲说："你们自己去闹，我还是在老家过年好些。"

妹妹吃了闭门羹，转身求助于我，要我出面做母亲的工作。我自以为很有把握，拿起电话就往老家打。接电话的正是母亲。母亲听到又是老话题，毫不客气地打断了我的话："莫说冤枉话，免得浪费电话费！"接着挂了电话。

讨了个没趣，我并不气馁。想起"请将不如激将"的古话，决定用激将法试试。过了几天，我估摸着母亲的"抗拒"心理淡化了些，又往老家打电话。开始，母亲仍然坚持"没商量"的态度，逼得我不得不"变脸"相威胁。我说："妹妹搬了新房你不来，莫惹得有意见就不好办呢！"这话还真有用。母亲在电话那头沉默了片刻，对我说："那怎么办呢？"听到这话，我不禁心头一喜，有希望了！立即趁热打铁，要母亲准备好，等我们回来接。母亲在电话里犹犹豫豫地应承下来。

为了防止变故，我迅速将这个喜讯告诉了妹妹和妹夫。他们也雷厉风行，很快就开了汽车直抵家门，造成"兵临城下"之势，把母亲接到了武汉。

母亲来了，我们却遇到了困难。原来母亲的工作迟迟未做通，生日宴就定不了。现在母亲来汉过春节，我们一定要找一个上档次的酒店办一桌酒席，好好为老人庆祝70大寿。然而，母亲的生日是一个特别的日子，正赶上别人家的团年饭之际。因此，上档次的酒店早已预订满员。我们连续跑了几天，都是无功而返。有道是"孝心感动天地"，我们对母亲的一片赤子之心到底打动了新华路的一家酒店。酒店那天特地在大厅过道挤出一个位置，增加了一桌，这样才满足了我们的心愿。

除夕傍晚，在三镇的万家灯火中，我们在汉的子女和孙辈10余人，带着特制的生日蛋糕和衷心的祝福，齐聚酒店，庆贺母亲的70岁生日。大厅里，美酒飘香，笑语喧哗，热气腾腾，一片幸福祥和。母亲按捺不住心中的喜悦，笑眯眯地说："这真是一个热热闹闹的生日！"

买台彩电过年

　　母亲是除夕这天出生的，所以常自豪地说，她的生日是一年中最热闹的时候——遍地都是喜庆的鞭炮。也许是这个原因，母亲一辈子都很爱热闹。

　　可是三年前父亲去世了，七十岁的母亲一个人在老家农村独自生活。

　　我们在武汉的这些子女都准备要接老人到身边尽孝，却被母亲拒绝了。母亲说她习惯了老家的生活，这里有她长眠的亲人，有她熟悉的乡邻。而到了城里她肯定和到了外国一样陌生。

　　正因为除夕是母亲的生日，所以我们不管多忙，这一天肯定是要回到母亲身边的。去年，我们特意从武汉买了一台21寸的彩电，带回老家作为给母亲的生日礼物，母亲乐开了花，可是嘴上却说："哎呀！这台电视怕要花几千斤粮食的钱吧！"大学已经毕业了的孙子对奶奶说："您养育了我们，我们却不能在您身边尽孝，所以现在花再多的钱也是应该的。"

　　可是这电视机却不给面子，图像不是扭扭捏捏不肯出来，就是像喝醉了酒那样站不稳。弟弟只好顶着凛冽的寒风跑到楼顶调天线。此时此景，的确应了那句"高处不胜寒"。楼顶上，北风呼呼狂叫着，弟弟的脸庞顷刻冻得通红，双手也被冻僵，完全不听使唤。弟弟毫不退缩，坚持不下场！一面努力调着天线，一面与电视机前的人呼唤应答着："好了没有？好了没有？"直到听见"好了"才停了下来。我儿子则给奶奶调好频道，反复教奶奶如何使用遥控器。为了让奶奶识别按键，他还细心地标上了符号。

电视摆好了，生日宴却成了走过场，大家的重点都落在了欣赏电视节目上。祖孙三代其乐融融围坐在一起，收看中央电视台的春节联欢晚会，不亦乐乎。

　　看着母亲高兴地与儿孙一起看电视，我们心里感到了特别的温暖。母亲啊，儿子们不能在您跟前时时尽孝，就让这台彩电为您排解一下平时的寂寞吧！

母亲与孙子孙女及外孙女合影，摄于 1981 年春节

姑妈的 "善恶" 诗

姑妈教我一首 "善恶诗"，时至今日，我仍记忆犹新。

那是一个冬日的黄昏里，正读初小的我同姑妈行走在家乡池塘王家堰的田埂上。望侄成才的姑妈哪里肯让这途中的时间白白浪费，喋喋不休地对我讲述着许多听起来云里雾里却又非常新鲜的事情和道理。其中有两段话给我留下了清晰而深刻的印象。一是与长辈同行时应注意的礼节，二是关于善恶的话题。谈到善恶话题时，姑妈很流畅地背诵了一首诗：

> 善比青松恶比花，
> 花笑青松不如它。
> 有朝一日寒霜降，
> 只见青松不见花。

姑妈的声音平淡低缓，却把诗深深地烙在了我稚嫩的心灵上。直到今日，我仍能清晰地记起这首诗文，记起背诗时的场景。

接下来的日子，姑妈的人生际遇一次又一次地与这首诗交叠，不断加深了我对善恶的理解。

姑妈家境清贫，生活平淡如水。然而，无论何时，她都能自觉地恪守国人普遍信奉的为善准则，即使在饥肠辘辘的时候也是如此。记得一年初夏，武汉到丹江的铁路修筑工作正开展得如火如荼，姑妈受乡邻们的托付去 20 公里外的工地为劳作的乡邻们送菜。菜是各家准备好的，有卤制品，有家乡的特产白花菜炒瘦肉，都是不需加热就可佐饭的凉菜，这些在当年的农村，也算得平时难见的美味。

那天我与姑妈做伴。本来出门时就没有吃饱的我，经过大半天的翻山过河跋涉，前胸早已贴着后脊梁了，何况姑妈还挑着一百多斤的担子。身体孱弱的姑妈步履蹒跚地跋涉于崎岖的小路上，实在坚持不住了，就放下担子歇歇气，或者喝几口路边池塘里的清水。我闻到那担子里的诱人菜香，真恨不得弄一点填填肚子。其实，吃了外人也不会知道。姑妈却坚决不允。她说："做人要凭良心。有损他人的事，别人不晓得也不能做。"在姑妈的坚守下，我们姑侄二人，硬是忍饥挨饿，把沉甸甸的两筐熟菜完好无损地送到了筑路的乡邻们手里。

后来，我们那本是农村的小镇也搞起了上山下乡运动。姑妈一家老小八口人被遣送到了更加边远的山地，过着连点煤油灯都要精打细算的日子。等到总算盼到了青松展枝的时候，重返祖居的小镇，姑妈一家已是彻底的无产者。但姑妈依然用自己的那颗善心聚合着全家人的力量，重新创业，最终过上了物质条件逐渐丰厚，精神上也日渐富足的生活。

温暖的零钞

有一沓零钞在我心里储存了很久很久，使我经常回忆，给了我无比温暖。

1968年早春，那是中华人民共和国征兵制度改革的一年，对人民子弟兵无限热爱的我，光荣地应征入伍。在我离家启程的前一天下午，接到姑妈要我当晚去她家的口信，至于去干什么却没有说。姑妈家与我们家相隔只有几户，来去很方便。去了才知道，姑妈是为了给启程出征的我钱行。钱行当然是有招待的。可是姑妈的家境办不起酒席，只有略表心意。我刚在小方桌旁落座，一碗糖鸡蛋就端来了。原本渴望营养的我，此刻却很窘迫。我很清楚，姑妈全家老少比我更需要这碗糖鸡蛋，尤其是五个正在长身体、个头呈楼梯样的表弟表妹。昏暗的灯光里，我看到他们一个个正垂涎欲滴。我实在不忍心去吃。姑妈、姑父，还有姑父的老母亲，却接二连三地以"是不是瞧不起"的话语激将我。我只好恭敬不如从命，匆匆地咽下了这碗糖鸡蛋。此时，屋内一片寂静，屋外的寒风拼命呼啸。我如芒在背，十分难受。这与从人口中夺食有什么两样啊！

我实在待不下去了，起身准备出门，姑妈赶紧从姑父手里接过一沓钱塞给我，说是给我作为盘缠。我执意不要，我知道姑妈家没有经济来源，生活完全靠集体。劳动一年，到年终结算，往往还有亏欠。这种境况，我怎么能收他们的钱呢？然而，我的态度同样不被他们接受。他们硬是将钱塞进了我的口袋。

回到家里，我掏出那把仍留有温度的人民币察看，角票，分票，一沓零钱，没有一张面额是"元"的，总共20元。可我明白，这沓零钞来之不易。20元的数额，对我来说已经不少了。那时候，我父亲，一位为解放武汉做过"支前"工作的国家干部，月工资也只有50多元。我在县中学住读，每周生活费2元还有节余。到了部队，我更加明白，这20元钱，相当于一个新兵3个多月的津贴费。大招工的年代，学徒工每月工资也只有18元。我确实感到不可思议，姑妈是如何筹措到这20元钱的？即使用鸡蛋换钱，5分钱一个鸡蛋，也得要400个鸡蛋！这么多鸡蛋，需要积攒多长时间啊！这20元的零钞，让我感受到春蚕吐丝的奉献，感受到燕子衔泥的艰辛，感受到了血脉相连的亲情，也感受到了人民群众对子弟兵的情意。

这沓饱含姑妈全家深情的零钞，一直温暖着我的心田，影响着我的行为。入伍很长时间，我都舍不得花。这段往事长久地嵌刻在我的脑海里。无论在太行山脚的军营，还是在黄泛区的工地，或者"支农"的一线，我总会想起我的姑妈，想起这沓渗透心血和汗水的零钞。为此，我一年四季不买消费品。冬天里，连配发的防冻油也尽量不用。部队供给的塑料凉鞋，我从来都舍不得穿。部队多次给我嘉奖，鼓励这种精神。

我由衷地感恩我的姑妈！感恩那沓暖心的零钞。

三伯事略

　　我的脑海里，时常会浮现出一个熟悉的身影。无论我身在何方，无论行色匆匆或者步履蹒跚，这个身影常伴我左右，给我温暖，给我力量，给我鞭策，给我希望。

　　这个身影就是我的三伯父。一位勤恳又朴实，憨厚且睿智的长者；一个平生不愿出人头地，却聚集着人气的普通百姓。

一

　　三伯给我的最早记忆，是他们家的一次庆典。这次庆典大概是三伯盖了新屋，选定一个黄道吉日款待四方亲朋。非常庆幸，年少的我，作为正式客人，受邀请随祖父出席，并在指定席位就座。那天，宾客云集，欢声笑语，气氛非常热烈。初见世面的我，进屋就被墙上悬挂的贺幛抓住了眼球。常言道："会看看门道，不会看看热闹。"事实正是如此！我被贺幛带来的喜气强烈感染，大红鲜艳的颜色，金光闪烁的装饰，一幅幅，一排排，挂满了散发着淡淡木香的堂屋。其实，那时我还看不懂贺幛上的内容，更不懂书写的套路，我的文化水平还够不上这个档次。但是，由此我认识了条幅，明白了条幅写得好坏不在字数多少，甚至有时少即是多的。如此这个认知融入了我的脑海，成了日后的一个引子。

　　柜台上的礼品更是亮眼。颜色有金有银，尤其赫然在目的，是大小不一的瓷瓶。白底的瓷瓶上，有多种多样的图案，十分养眼。当然，图案只有懂行的人才看得明白，他们据此称这些瓶子为"宝瓶"。我只是"湖面逛（指外行人）"，只会看瓶子的形状，欣赏瓶上图画的色彩。正是这些图画，加深了瓷瓶给我的印象。

高潮来自"过盒子"。这次庆典，让我有幸见识了"过盒子"。"过盒子"是家乡的一种专用名词，也是一种礼仪形式的代称。其实，盒子只是一种用于奉送礼品的工具，一种容器，关键是盒子中装的礼品。今天来给三伯"过盒子"的贵客，是三妈的娘家人，更加凸显这个"盒子"的分量。三妈娘家在被泛称为"东边"的云梦县，距离我们这个三县接壤的"西边"小镇约莫15公里路程，中间还有三条河。如此路程，专程来过盒子，必须半夜启程，才能按时赶到。当风尘仆仆的贵宾，抬着华丽的盒子出现在满堂宾朋面前时，引来一片惊叹！鞭炮竞相炸响，庆典顿起高潮。三伯三妈喜气洋洋地上前迎接贵客，接下盒子。二位贵客却不顾辛劳，着手打开了盒子，各层的礼品依次露出真容。最入我眼的，是一块非常精美的喜饼。这个喜饼，大小如一只面盆，圆形，上面有凸起的图案，还有彩色点缀。有懂门道的大人赞叹，说这个喜饼是特意定制的。单有制作技术不够，如缺制作工具，一定做不成这块喜饼，可见礼品的价值了！过盒子，过盒子，今日的盒子，过村过寨又过县，过河过冈又过畈，的确不寻常。礼品多姿多彩，价值非凡，为新屋增了光，为庆典添了喜！

庆典当然不止有物，还有话。被我刻进记忆的话语不是演讲词，那天没有演讲词，而是三伯的"戏言"。远方的贵客到来之前，众人都在热聊。我与祖父坐在一张靠墙的八仙桌左侧长凳上旁听，满面春风的三伯笑吟吟地走了过来。三伯似乎是特意过来与我聊天的。可惜，如今我能记起的就只余两句话。一句是"子领父职"。记不清这话是出自祖父，还是出自三伯，反正是指由于我的父亲因为工作，没有参加今天的庆典，就由我代领父亲的职位。还有一句肯定是三伯的话。同桌围坐的宾客欢笑着说，三伯这么喜欢侄儿子，就看侄儿子长大后怎么孝敬三伯了。一旁含笑观察着的祖父，立刻接过话头，连说："会的，会的！一定会孝敬三伯的！"三伯也附和着说："那就看能不能给三伯挑担吃水哟！哈哈！"

人逢喜事精神爽。这是我亲眼看到三伯最开心的一回。其实三伯有很多不开心不顺心，甚至心里很苦的日子。比如，我读小学时，一天半夜，在一次对邻屋中疑似违法行为进行的打击中，影响顺势扩展到了旁边的三伯堂屋，变故突生，柜子上的"宝瓶"被统统粉碎。真正的"屋内关门睡，祸从天上来"。这是明显的越权，伤害群众，损害群众利益的行为！尽管责任人事后受到口头批评，然而被粉碎的宝瓶已不可能完好无损。至于当年被日寇从高处的河岸野蛮地抛甩到数十米外的河对岸，这些对自己、对乡亲们的残酷迫害，更是让三伯刻骨铭心，难以忘怀。不幸与苦难，磨砺着三伯的意志，激励着三伯百折不挠，奋力前行。

二

三伯手握多种养家糊口的技艺，堪称多面手。他不但有祖传的篾活技术，而且，落户小镇后，又学会了做豆腐的技艺。每项手艺都需要人手。进料、制作、销售等多个环节，任务繁重，一个人分身乏术。于是，三伯从家庭内部挖掘潜力，培养技术骨干。

有言道："卤水点豆腐——一物降一物！"做豆腐有诀窍，除了看得见的技术外，还需融会贯通，把握时机。从石膏化成卤水，到点入豆浆的时间点；从制作的火候，到压榨的力度，各个环节，不但需要用体力，更需要用心，用脑力。三伯首先把三妈培养成了独挑重担的贤内助，然后逐步推进，通过手把手的传帮带，让目明耳不聪的苦命女儿，也系统地掌握了做豆腐的技能。继而进一步拓展，让他年少的同胞弟弟从老家来见习做豆腐。

三伯的豆制品极有特色。豆腐白嫩，光滑似玉，耐震而不易碎。千张干子，柔中藏韧，软和可口，外貌不显露，细品才觉特别，为同类许多产品所不及。因此，小镇流出民谚："千炖豆腐万炖肉""千张豆腐压断桌子脚"。

小镇的豆制品受到了乡里乡亲的广泛热捧。尤其是在外闯荡的游子，品尝过他乡多种同类产品后，更加怀念家乡的豆制品。三伯为打造小镇的特色豆制品，呕心沥血，做出了卓有成效的贡献。

　　相对于豆制品的风味特色，三伯的篾活技术更了得。桑树店地域，会做篾货的人家不少。然而，"不怕不识货，只怕货比货"。三伯的篾货受捧的程度，更为突出。

　　三伯的篾活技艺称得上是家传绝学。篾活技艺曾经是其祖传的谋生手段。因而，曾经的祖居地形成了颇具规模颇有景象的竹园。三伯落户小镇后，带来了篾活技术，却无法带来竹园。于是，做篾货就得回祖居地购竹材。有的材料，还需要去更远的汪家河采购。说起来简单，做起来十分不易。往返60余里路程，还须过二道或三道河，起早贪黑是必须的。还有天气，历来都有"穷人做事天打搅"的"传统"，风云突变是常态！纵然天气发慈悲，暂不打搅，沉重的竹料总是必不可少的，只能自己搬运回家。忍饥挨饿，负重跋涉，其中甘苦，全靠三伯独自承担。

　　运回了竹料，只是走完了第一步。以篾艺谋生，主要靠篾货的销路。三伯的篾艺扎实，做工精致，做出来的篾货好看又耐用，销路大开，广受欢迎。但是，三伯自己不满足，不停步，又开动脑筋想办法，在出新上下功夫。三伯很会引领潮流，在广泛使用的帽子方面，不断推出新的样式，推出新的品种。当年农村的遮阳帽，是一种称为胡壳（哥）帽的伞状帽子，而且是统一进货，统一销售，都是麦秸或者苇草制成。三伯敢于破局，尝试用竹篾做出第一顶新样式的胡壳帽。当时的小镇，还没有推销这一说。即使是人流如织的热集，买卖也是在轻言细语中进行的，没有高声大嗓子的吆喝，更不可能有扩音器大喇叭这些稀奇物。因而，新式的胡壳帽亮相第一天，还不引人注意。渐渐地，见过的人多了，口口相传，热度也逐步起来了。很快，篾制胡壳帽流行起来了，尤其受到年轻人的热捧，出现了一帽难求的现象。于是，三伯趁热打铁，带领全家齐上阵，老少编篾帽。

三伯是多面手，有的技艺也不轻易示人的。三伯有很漂亮的嗓音，从日常说话就可见一斑。然而，我们不知道的是，三伯也会唱戏！这是一次极为意外的机会，我们本不会娱乐的生产队小队长，忽然心血来潮，自力更生拉起了一支划采莲船的业余队伍。既不会唱又不能跳的我，被不由分说地拉进去充人数帮场子了。忽然有一天，划船队又增加了一个人，一个跨越生产队的老熟人——我的三伯。我们划船队没有明确目标，完全是"脚踩西瓜皮，滑到哪里是哪里"。这天，我们跨越乡界，赤脚蹚河来到北乡一处只有三四户人家的小村落。照例一阵紧锣密鼓，一番划船荡桨，然后一串"哟哟——呀嗬哟"的唱和，正欲掉头转身之际，当地住户一位中年男子却突然发声了！我只觉诧异，没听清对方讲的什么。待听到我们队伍的当家人对话，才明白对方发声为何。原来对方认出了我的三伯，点名三伯唱一段"花鼓戏"。"花鼓戏"是俗称，官方名称为"楚剧"。我不知所措，三伯倒没有推托，也没有顾得上润嗓子，只是静立片刻，张口唱了起来。三伯的嗓音很清脆，很高亢，在场众人都听得如痴如醉。其实我没有听清楚，不知道唱的什么，只是觉得好听，真的如同天籁一般。正在陶醉之中，三伯却戛然而止。对方虽感到不尽兴，也只能罢了。

　　在返回的路上，同伴们不断地赞叹三伯的嗓音真好！也有人说对方那位男子有眼力，一定对三伯很熟悉，曾经看到过三伯登台唱过"花鼓戏"的。由此，三伯会唱戏，而且很会唱，唱得很好，这一印象深深地扎进了我的脑海。多年后，我有机会走进省里民间艺术机构的大门，笑谈中顺便非正式建了一言，希望他们能够关注一下我的三伯鲜为人知的技艺，以便让故乡的花鼓戏重生。遗憾的是，我这个门外汉的美好愿望，真的成了肥皂泡。

三

　　三伯的多才多艺，与他本人的人生态度和积极精神密切关联。

三伯遇到的不幸不顺不在少数，然而，难能可贵的是，三伯不屈不挠，勇于面对，屡次化险为夷，转危为安。三伯一辈子都被家庭磨难困扰，总在磨难中生存，并且奋力前行。年轻时，伴侣早逝，遗下幼女又病重。三伯呕心沥血，艰难支撑，与死神争夺小女的生命，终于侥幸获胜。自此以后，面对有耳听不见，有嘴不能言的骨肉，三伯费心费力，艰难地把她抚养长大。接下来，又亲自谋划，为苦命的女儿组建家庭。

女儿有了自己的传人后，他又悉心培育，把孙儿孙女相继培养成有较高文化的新一代。孙儿孙女成家立业，都由三伯亲自把关定向。孙儿成家后，在已生育二胎女孩的情况下，按当时的政策是不允许生第三胎的。况且住处正与乡政府面对面，低头不见抬头见，直接处于主管机构的监督之中。但是三伯却"跨越雷池"，争取到了第三胎，并且盼望到了一颗希望之星。当然，三伯也自觉地接受了政策性罚款。如今，这颗希望之星长大成人，读完大学，走上了工作岗位，开始放飞起自己的人生美丽梦想。三伯人生的最大心结，终于解开。

三伯是我们家族的一代传奇，也是我们小镇的一个标杆。三伯的生命，既有历史的深刻印迹，又有水土的浓郁特征；既有血脉的遗传，又有智慧的创新。三伯用自己毕生的精力与心血，写下了浓墨重彩的华丽篇章，为小镇留下了难能可贵的一段交响乐章！

2022.5.22 写于深圳湾

土菜馅月饼

这些天，小聪一直在为给母亲买月饼的事忙个不停。不知跑了多少家商店，都没有买到母亲要的那种土菜馅月饼。

其实，小聪是吃过这种土菜馅月饼的。儿时在乡下老家过中秋，母亲用新收割的小麦磨出的面粉，夹上家乡的一种特产菜以及芝麻、核桃等配料，精心烹饪，烘烤成一种自制月饼。月饼吃起来酥脆松软，香气扑鼻，只是样式粗放，块头硕大，乡土气十足。至今回想起来，小聪仍然满口生津。后来小聪离开家乡，母亲也一天天变老，自制月饼也无踪影了。如今，跟儿子过上了城市人生活的母亲，却突然间想起了这土菜馅月饼，也不知哪来的灵感。

商店里没买到，就找厂家定做。小聪拖着疲惫的身体，走进了一家颇有名气的月饼生产店。经验丰富的老板热情地迎接了满怀希望的小聪。小聪直接讲明自己的来意，以近乎央求的口气，请经理帮忙做一盒土菜馅月饼。老板露出一脸的无奈，对小聪说："只有你能提供这种土菜，我才能帮你了些心愿。"

可是，在这远离家乡的千里之外，去哪里找这种土菜呢？小聪向老板表示了歉意，连忙退了出来。

哎！母亲啊，母亲，您老人家也是有意给儿子出难题吧？前年买的高档月饼，里面还有一瓶法国葡萄酒，您说这是主次不分，葡萄酒提高了月饼的价不合算。去年买的月饼没有搭葡萄酒，而是双黄蛋的，您又说多此一举，有一个蛋黄足够，两个蛋黄反而冲淡了月饼味。今年倒好，给我来了个定单采购，要我买这种乡土气十足的土菜馅月饼，可是我拿着钱也买不到啊！我怎么向您交差呢，妈妈。

小聪悻悻地回到家中，把这些天四处购买土菜馅月饼的经过如实地向母亲做了汇报，忐忑不安地等待母亲的反应。不料，母亲却开心地笑了起来："儿子，妈妈已吃到土菜馅月饼了！"小聪一脸的狐疑："妈妈，您老人家自己做了土菜馅月饼？"

母亲没有直接回答儿子，而是来了一番感慨："妈妈要的月饼，其实是一片心意，一片情分。土菜馅月饼，虽然土气不值钱，但能给我亲近的感觉，我喜欢这样的月饼。尽管没有买到，你的孝心诚心我已体会到了。等哪天有了老家的土菜，我再给你做一回土菜馅月饼。"

"红头文件"

伴随着新年的钟声，岳父收到了一份盼望已久的贺礼——我儿子给外公的南方来信。

儿子大学刚刚毕业，便只身南下打拼。从儿子离开武汉的那一刻起，离休的岳父的心就系在他的身上了。岳父几乎每天都盼望着有信来，以便了解儿子的一些工作与生活情况。阅读外孙的信成了他的一种兴致，一种享受。儿子的每一封回信，岳父都要反复地看，认为精彩的地方，还要用红笔标上重点符号，然后再传给其他的亲友看。子女们戏称这是全家的"红头文件"。

今年由于工作紧张，儿子有很长一段时间没给外公发"红头文件"了。半个月前，我在电话中提醒儿子要给外公写信了。因为外公正在姨妈家中，儿子答应写一封信寄给大姨妈，由她转交给外公。没几天，岳父来到我们这边，我向老人公布了这一消息。岳父顿时乐不可支，脸都笑成了一朵盛开的山菊花。他说本来过两天就回老家的，现在改变计划，收到信后再回去。

"信应该到了吧！"岳父每天都念叨着这件事情，不时忍不住向他的二姑娘——我的老婆询问。我们也不知道这信何时能到，只有虚言相告。

那天，姨姐在电话中应允明日来我家。岳父听到这个消息后越发兴奋，和我说："你姐一定是来送信的。"他当然不知道，这信与这通电话根本没关系。然而，我们谁也不愿去捅破这个能给岳父带来希望的美丽肥皂泡。

这个肥皂泡还是破碎了。第二天，姨姐打来电话，说单位今天

146

要开党组织生活会，不便请假。但岳父仍然相信姨姐是送信来的。好不容易熬过了这一天，次日早餐时，岳父又重复一遍："你姐可能是来送信的。"岳父的那种神情，使我们仿佛看到了暮色中倚着柴门盼望儿女归来的老人。

　　岳父的焦虑，使我也坐不住了。我赶紧给儿子拨了电话，询问信的事情。正在忙碌的儿子告诉我，信还没来得及写。我如实转告了外公的心情，催促他用特快专递寄一封信回。

　　岳父实在难以忍受这种"相思"之苦，索性回到大姑娘家去，以便能在最短的时间中收到外孙的"红头文件"。事也凑巧，岳父到那边不久，就收到了我儿子的信。"久响的楼板终于下来人了"，老人喜滋滋地捧着这千呼万唤始出来的"红头文件"，看了一遍又一遍，都不舍得分享给别的亲人。

借车还乡

今年春节，儿子驾驶自己的汽车从深圳回汉探亲，又到洪湖给外公拜年。看着儿子的兴奋劲，我想起自己几十年前第一次骑自行车回老家时的事情。

老家离武汉 100 多公里，下了火车还要走十几公里的沙石路。当时，我的休班时间不足 24 小时，只有这个时间可以回家看看，必须速去速归。于是，我借了师傅的自行车。那年代，武汉人能有一辆自行车尚不多见，骑着自行车回老家，不仅能速去速归，还能有"衣锦还乡"的味道哩。

儿子与舅舅们在新车旁的合影

那天傍晚，我带着自行车乘火车到达县城时已是半夜，然后兴致勃勃地骑上自行车。重走回家路，回家情更怯！回家的路也不好走。这时的路，全是砂石铺成。正当我"呼呼啦啦"骑了大半路程时，习惯了走在城市道路上的自行车，大概第一次遭遇砂石路的磨砺，后胎爆裂。还有5公里的山路，我只好推车步行了，直到拂晓才走进家门。即使如此，我心里也很满足。

天亮后，父亲四处找人补车胎。无奈，家乡的小镇还不流行自行车，自然无人学习补胎技术。可是，我的时间刻不容缓，我必须到点上班的！因此，我只好另想办法，火速返汉。几天后再休班了，我又专门回家来取自行车。

后来，我终于拥有了一辆自行车，回乡的路从此更加便捷。

过年如赶集

用一句话形容我记忆中回家过年的经历，那便是如同去赶集市一般，紧张、忙碌、辛苦，当然也有无可比拟的幸福和美好贯穿其中。

我刚上班时所在的单位是江南的铁路机务段。这是专门为铁路大动脉提供火车头的"铁老大"。俗话说：火车跑得快，全靠头来带。火车一年四季365天不停奔忙，逢年过节更是如此。为了与坚持运输生产的职工同甘共苦、共欢乐，机务段每年除夕春节都派机关干部到各个驻扎点上慰问，举办茶话会、猜灯谜之类的活动。这也成为锻炼年轻干部的一个机会。每到这个时候，我都要与许多年轻的单身干部一起，被派往远离武汉的火车司机驻扎点。其实，当时在哪里过年区别都不大，在外面过年甚至比在家里过年还热闹一些。后来年味渐浓起来，领导也开始考虑让派出去的干部能够把与职工共度新年和与家人团聚两方面兼顾起来。于是，我成为这项新政策的直接受益者。

有一回，我被派往汉丹铁路线上的随县（后改为随州）过除夕，这实际上也给我提供了一次回家过年的机会。我的老家在随县与武汉之间，领导一定是考虑到这个因素，才让我提前于腊月二十九回到老家。我下了火车，急匆匆步行了15公里的山路出现在父母的面前时，父母竟有些措手不及。他们根本就没想到我会回家过年，而且回来这么早，这么突然。他们激动不已，认为全家人今年过年终于可以团聚了。等我说明缘由后，父母的脸上不禁露出几分失望，但很快通达起来张罗着提前吃团年饭。当晚，一家人又围在火盆前说了很多话，算是提前守"岁"。次日，我沿着原路步行，返回县城的火车站，赶上武汉开往襄阳方向的火车去随县。回想自己此行，回也匆匆，走也匆匆，的确有一种赶集的味道。开车后，列车上招呼火车头的人员吃年饭，我因此去了餐车。穿过车厢时，见旅客零星，颇有些冷清，但每位旅客都享受到了列车免费供应的一碗热气腾腾的饺子。此情此景，给我留下一个特别深刻的印象，直至今日仍然历历在目，温馨无比。

告别单身后，这种赶集式的回家过年又多了一份牵挂，因为要顾及岳父岳母的家。然而，妻是革命根据地洪湖人，那里不通铁路，坐火车"赶集"也不方便。尽管如此，妻"令"不可违，有机会我们还是要抽时间回洪湖岳父家过年。这个机会到底还是来了。

那一年，我被派往岳阳驻扎点上与火车司机过除夕。欢度除夕后，我的任务就完成了。于是，我准备利用剩下的时间回洪湖继续过年。岳阳与洪湖隔洞庭湖相望，中间虽然不通火车，但有轮船相连。初一那天，本应睡个好觉的我强迫自己赶紧起床，早餐都没吃就直奔岳阳楼下去赶开往洪湖的客船。到了码头我才知道，初一早上客船停航，只有中午一班。眼看着离开船时间尚早，我又回到岳阳市中心，独自欣赏新春佳节中的"巴陵胜状"，心中自然有种复杂的感觉。路过最大的百货商场，我走进去闲逛，发现有非常精美的湖南名酒"白沙液"，于是不假思索就买了一瓶。早先曾听闻一说法，不知真假，说毛泽东诗句"才饮长沙水"中的"长沙水"，所指即是"白沙液"，便想着让岳父大人也品尝一回"长沙水"吧。

就这样，我提着美酒，乘着客轮，大年初一过洞庭湖，脑海中不时浮现起范仲淹的《岳阳楼记》。天气虽然寒冷，我的胸中依然激情澎湃，这种回家过年的感觉真可谓独一无二。全家人终于团圆了。岳父岳母疼爱地问我怎么来的，妻子打趣说我是赶集赶来的，赶了岳阳楼赶洪湖。我以笑表示赞同。事实上，我们回家过年的状况，不但如赶集奔忙，而且其中的甘苦也有赶集的味道，紧张、忙碌、辛苦，与此相伴随的还有幸福、甜蜜和天伦之乐。

现在，我的赶集式过年开始传给长大成人的儿子。当然，如今的条件大有改善，赶路的速度大大加快了。在深圳工作的儿子买车后的第一年回到武汉过年，竟然走出了一个锐角三角形线路图。首先从武汉出发，把我和他的妈妈送回我的老家过除夕，然后，全家人又驱车200公里，到洪湖与外公一家继续过年。年近八旬的外公看到回家过年的巨大变化，喜得合不拢嘴，硬是冒着风雪，召集全家老少在外孙的汽车旁照了多张合影。

儿子的礼物

——我送父亲一本书

金秋时节，收获之季，我送给父亲一本书。因为这本书最让我感动。

这本书不是长篇小说，也不是名人专著。而是一本刚出版的报刊文章选编集《长路深情》。作者是一位普普通通、身患重病的退休老人。

书很养眼。图文并茂，色彩斑斓，书上许多图片我也是第一次看见。例如"与日同辉庐山月"，记录了作者一天上午在庐山顶上看到的奇观——白日升明月。而最吸引我眼球的是封底的两行文字："漫漫长路，布满了跋涉的足迹；串串文字，倾注着火热的深情。"它像热情靓丽的导游，导引着我的心灵，一步步深入书中。

曾经读过一首诗，其中第一段是这样的：我的名字叫国庆，我和共和国一起诞生。共和国成长我成长，共和国前进我前进。《长路深情》的作者正是共和国的一位同龄人。纵览全书，我看见了作者的身影与足迹。在伴随共和国前进的长路上，作者用手中的笔，记录了许许多多所见所闻。从在部队当不署名的业余通讯员开始，四十余年来，作者先后在部队军报、省市机关报，乃至《工人日报》《中国纪检监察报》及期刊上，发表新闻、通讯、散文、评论数百篇，总计近千万字，获得《求是》等杂志颁发的奖励。有的文章被收入专集，有的被网站转载。

2008年5月，作者在步入花甲之年之际，不幸患上脑梗，仍然坚持写些力所能及的文字，并且配合武汉出版社，完成了专著《武汉铁路百年》的出版任务，破解中国铁路一百多年的诸多历史谜团。然后，作者又从网上下载了自己发表在报刊上的文章，从中挑选了除新闻外的106篇，约20万字，汇编成这本《长路深情》。这实际上是作者对自己几十年来伴随中华人民共和国一同成长与前进的历程的一次系统性检阅，是对漫漫长路上，不畏劳苦的跋涉足迹的一次大型盘点。此举本身，就令人感动不已。

全书以情选文，为情所牵。所选文章，分为六辑，每辑都离不开"情"字：情游山水、江城抒情、史海弹情、亲情绵绵、铁路情缘、边鼓传情。仔细品读，我们在欣赏洪湖美丽风光的同时，也看到了军民并肩，抗御百年一遇的特大洪灾的鱼水情深；在领略火焰山的热烈景象的同时，也分享了作者千里奔波寻得遗失于火车上的古瓷筒的甘苦之情，让人感受到了这位共和国同龄人的赤子之情。

还有绵绵亲情。反映血脉亲情的书籍不少，能感动读者的比比皆是，然而，都不可能比拟这本《长路深情》带给我的感动，因为我自己正是这本书中亲情的传承人。书中的绵绵亲情，无一例外地注入了我的心田。我出生在城市，成长在城市，参加工作后又离开家庭，远离祖辈，对父母对亲人的过往知之甚少。《长路深情》恰好能够给我补偿亲情。通过《国难与家仇》一章，我了解到外公苦难的少年时光，了解到日本侵略者对江汉平原的狂轰滥炸。我记住了外公的话："历史的记忆不应该消退，战争给中日两国人民造成的巨大伤害不应该被淡忘。牢记这国难家仇，决不能让历史的悲剧重演。"通过作者在2007年春节期间写就的文章《大团圆》，我又重温了二十多年前在老家过春节的情景，重温了全家人簇拥着曾祖母拍下一张难得的大团圆全家福的情形。《韶山结婚照》，让我看到了父母当年新婚的一页记录，看到了那个时代的一段剪影。亲情蕴藏在亲人的血脉里，亲情也蕴藏在故乡的景物中。经过故乡河上新建的大桥，我听到了作者与乡亲们为大桥的重修欢呼鼓舞的声音；捧起土特产白花菜，我触摸到了祖母对在外住读的儿子的一片温情。"慈母手中线，游子身上衣"，血脉亲情，绵延不绝。

《长路深情》给我的感动太多太深，然而还没有来得及说给作者听。作者不是别人，而是我的父亲。父亲把这本书稿作为一笔财富交给我。我义不容辞，精心打造，特别是附上了文章发表后的社会效应，晒晒父亲的心血与功劳，最终圆满出版。我把它作为一份特别的厚礼，献给走南闯北几十年的父亲，献给这位共和国的同龄人。

——作者之子汪骞

生日千里会

2020年8月的最后一天，我的家庭微信中，突然收到儿子发布的一则信息。

远在深圳工作的儿子，告诉千里之外的我们二老，明日下午回武汉。消息很突然，也令人意外。儿子莫不是在武汉有重要任务，特地回汉办理？或是仍担心留守武汉的我们二老的身体？

我与老伴顿时满脸狐疑，试图探问究竟，儿子却始终没说个清楚明白。9月1日傍晚，儿子从深圳乘高铁直达武汉。

见面后，我们才恍然大悟。原来，9月2日，是儿子的生日。有言道："儿奔生，母奔死！"儿子的生日，也是母亲的受难日！为了感恩母亲，儿子不远千里，专程回汉陪伴我们，慰劳母亲。儿子说，今年春节，本来是要回汉陪我们的，却遭遇疫情袭击，一直在家隔离，没有机会陪我们逛三镇看风景看变化。这次是特意利用他过生日的机会，专程回来陪我们的。儿子的话音刚落，一股暖流涌遍我的全身。儿子的生日，作为父母，我们当然记得清楚，但是，儿子以陪伴父母的方式欢度生日，我们根本不曾奢望。真的是用心良苦！儿子的孝心，让我和他的妈妈感动不已。

老天爷很给力。9月2日，天朗气清。早晨起来，老伴询问了儿子的安排，然后告诉儿子，应该去看望姑妈，姑妈也生病在家。儿子毫不迟疑地应允了妈妈的提议，立即下楼购买礼品。姑妈住汉阳新区，我们从汉口闹市驱车前往，倒也顺利。可是，我们的突然到来，却完全出乎姑爷姑妈的意料。当听说舅侄昨晚才回汉，今早就来看望姑妈，二人更是赞不绝口。

时光飞速地流逝。儿子准备带领我们奔赴下一个目标，姑妈却执意留我们吃饭。推辞不掉，只好从命。由于疫情影响，我们兄妹两家已经好长时间没有见面，更无机会吃饭。今天儿子生日，应该弥补今年的缺憾。儿子赶紧修改了拟定的计划，推掉了朋友中午的宴请。但是买单不能含糊，舅侄宴请姑父姑妈，理所当然。

离开姑妈家，太阳开始偏西。原定的计划，必须再次修改，挑主要的先办。接下来的主要任务，是为了我们的养老。我们二人年老体衰，多病缠身，身边无人照料。儿子想找一个条件好的养老中心，让我们二老安度时光。

该养老中心在武汉东郊，汽车疾驰40多分钟才到达。然而，此地吸引不了我们的目光，儿子生日最大的愿望，最有分量的礼物，却被老人拒收。离开养老中心，儿子仍惦记着带我们看风景的计划，特意绕道东湖景区，带着我们浏览东湖风光。儿子说，大半年没出家门，看看湖光山色，也可以略知疫后三镇的景象。

晚餐，是专设的生日宴。席间，嘉宾盛赞儿子的生日显得特别，生日不忘母亲，不远千里回汉与父母团聚。儿子含笑不语，特意请母亲默许心愿，吹灭自己的生日红蜡，祈福求顺！

人间百善孝为先。自己过生日仍不忘父母，不忘至亲。到了至亲们的生日，儿子也不忘尽孝心。我们兄妹三方，各家都有长者10月过生。于是，儿子去年提议，每年办一次生日会，作为家庭尽孝节，向老人表达孝心，也为分布四方的众亲提供团聚的机会。然而，今年情况异常，我主张生日会可不办，家庭尽孝节或可选择别的方式举办。可是，年轻的一辈们尽孝情真意切，确定10月18日举办生日会。为了便利首席寿星——我的老伴，小辈们选择了我们住宅旁边颇有特色的一家酒店。

小辈们有的买美酒，有的订蛋糕，有的提水果，众人欢聚一堂，谈家常，问健康，品尝美味佳肴。按照武汉习俗，集中举办宴席，只办一餐。按照老家习俗，这样的宴席就是两餐。因此，我们的生日宴，虽然在武汉办，依然照老家习俗运作。中餐晚餐连轴转，菜色品种不重样，不亦乐乎。

　　晚餐后，几个年轻人争着买单，儿子一概拒绝，自己早早用手机预付了金额。结算完毕，剩余的预付款，留给他母亲慢慢消费。喜欢吃什么就买什么，让平常的日子，都像生日一样，有滋有味，有声有色。

第五辑

故乡神游

小　引

　　"故国神游，多情应笑我，早生华发。"（苏轼《念奴娇·赤壁怀古》）闯荡四方的游子，时时刻刻都在苦苦眷恋着生养自己的故乡，常常神游于故乡的山水间，神游于故乡的人文典故中，并借文字，抒发乡愁乡情于报端。"谁言寸草心，报得三春晖。"（孟浩然《游子吟》）早生华发的游子，暂辑几篇神游文字，权作寸草心，报答三春晖，感恩故乡山水故乡人。

故乡寻李白

驱车从武汉上汉（口）十（堰）高速公路，行驶一个半小时，便到达唐朝大诗人李白的第二故乡——安陆。这个如今地处武汉城市圈西北方向的县级市，自古就与武汉有着一种特别的渊源。它厚重的人文历史、富饶的风物特产，形成了一种强烈的磁场，吸引着江城市民的心、八方宾朋的眼。

武汉周边　最早的县

穿行于东西长 61 公里，南北宽 46 公里，呈蝴蝶状版图的安陆境内，时常会听到人们津津乐道一句话：我们安陆是武汉周边最古老的县。深入探访，此言的确不虚。

安陆的历史十分悠久。在县藏的文物中，有发掘于李店夏家寨和桑树店胡家山等 12 处新石器遗址的石斧、石锛、陶质纺轮等。可见 4000 多年前，就有人类在这片土地上劳作。史书对安陆的历史沿革记载得更清晰。早在夏商时期，安陆属于华夏九州岛中的荆州辖区，周时称为郧子国。春秋战国时期，郧国面对迅速崛起的楚国东扩，毫不畏惧，在蒲骚（今应城与安陆接壤处）与趾高气扬的楚军，进行了一场载入史册的大战。直到楚武王四十年至楚文王六年间（公元前 701—公元前 684 年），楚国攻占郧国，但仍以郧设县，并赐郧尹（即县长）总理郧地军政大权。因此，《武汉通览》称楚国的郧为"武汉周边有县之始"。换言之，安陆也就是武汉周边最早的县。

"安陆"一名的出现，大约在公元前 525 年。当时晋国吞并了旁边的陆浑这个地方。陆浑的遗民被转移到地处云梦泽北部的高地安置，于是，有了"安置陆人"一语。这便是"安陆"一词的来历之一。据轰动国内外考古界的云梦睡虎地秦简记载："（秦昭襄王）廿九年（公元前278年），攻安陆。"可见"安陆"一名此时已确认。

20世纪50年代，安陆曾划归武汉管辖。不久，又重分区划。如今，又划入武汉城市圈。安陆与武汉的关系，确实源远流长，难舍难分。

白兆山李白雕像（王小平摄）

诗仙李白　安陆快婿

为安陆人津津乐道并引以为豪的，还有一个伟大的诗人女婿——李白。在安陆，随时都可见到以李白命名的广场、商标，还有为他建造的纪念物和雕塑的铜像。李白的遗迹比比皆是，令人目不暇接。

前不久，我和来自广东中山、湖北十堰和武汉等地的战友，相会于安陆，专程登临李白在安陆的寓居地白兆山，踏寻诗人的足迹。

白兆山，又名碧山，属大洪山余脉。主峰太白峰海拔 383 米；层峦叠嶂，古木参天，风景秀丽，气候宜人。李白曾专门寄诗刘侍御绾，大赞白兆山的景色："树杂日易隐，岩倾月难圆。芳草换野色，飞萝摇春烟。"唐开元 15 年（公元 727 年），年轻的李白"仗剑去国，辞亲远游"，辗转来到安陆，与高宗时的宰相许圉师的孙女成婚；而后，迁居离许宅 5 公里的白兆山。在山上的白北寺寓居 10 年，生育一儿一女，创作了大量诗文，留下数不胜数的遗存和典故。

在绿树葱茏的白兆山山腰，我们见到了久仰的安陆快婿"李白"——灿烂的阳光下，诗仙长袍拂动，凝神远眺，似有无限的诗情在胸中澎湃。白兆山已列为国家森林公园，安陆人民特地在这里建造了一尊李白的全身铜像，与天南地北的游客亲切晤面。经过铜像，就进入了一个清凉幽静的世界。这里没有喧闹的人潮，没有耸立的高楼，漫山遍野的松柏植被，静静地透着诱人的芬芳。

眼前有一方长宽 4 米，深 2 米的水池，池水丰盈，清澈见底，碧绿如墨。这就是传说中的李白洗笔池。1000 多年来池水涌荡，从未干涸。离洗笔池不远是著名的绀珠泉。泉水青绿，泉底有串串水珠涌起，因此得名。李白诗句"饮潭猿相连"，描写的即是此地景观。试着掬一捧泉水饮下，一股清冽甘甜沁入心底。接下来是"一窍从峭壁百仞中腾出"的山洞，这便是闻名遐迩的桃花岩。桃花岩为李白的主要游憩和读书地，因而又称为谪仙桃岩。李白专门写了《安陆白兆山桃花岩寄刘侍御绾诗》的五言诗，抒发自己"归来桃花岩，得憩云窗眠"的心情，描绘桃花岩"时升翠微上，邈若罗浮巅"的景色，引来历代文人墨客寻踪唱和。还有读书台、太白林、笔架山、斗笠岩题刻等景点，我们一一观过，终于登上了白兆山的山巅太白峰。"太白峰"一名显然由李太白而来。太白峰又名祖师顶，这里有一棵千年银杏树，相传为李白亲手所植。古银杏树高达 15 米，合围 4.2 米，覆盖面积 100 平方米，挺拔遒劲，巍然屹立，给人联想无限。

有一位战友问：李白为何要落脚白兆山？其实，这是一个被问了 1000 多年的老问题。为此李白曾写下了七绝《山中问答》："问余何意栖碧山，笑而不答心自闲。桃花流水窅然去，别有天地非人间。"诗人通过此诗，回答了自己落脚白兆山、落脚安陆的原因，也因此留下了广为传播的成语——别有天地。经典诗文凝练出成语，也是李白在安陆的一种文化遗存。查阅正式出版的《汉语成语词典》，有据可查的李白在安陆写的诗文中，就引出了 10 余个精彩成语。如出自《与韩荆州书》的"扬眉吐气"，《上安州裴长史书》中的"轻财好施"等。

李白在安陆人心目中是永生的。人们根本不相信他们的安陆女婿会在当涂的江上酒醉捉月溺水而亡，更有传说称李白从白兆山登天化成太白金星了。因此，民间至今流传着李白登天的故事。传说中，李白登天的地点，留下的白马变成的山梁，在白兆山都有真实名称。故事虚虚实实，颇有李白的浪漫主义风格。

饮食文化 "太白遗风"

李白的文化遗存，不单表现在遗址和文字上面，还体现在饮食文化中。在安陆，无论是城镇还是农村，常常可以看到"太白遗风"尚存。安陆人待客，的确继承了李白的热情与豪放，具体表现就是有客必有酒，有酒必尽兴。安陆人劝酒，有一种"三三进（敬）酒"的独特路数。我多次体验过这种套路的功力：酒席开局第一杯，不分席位，众人一起举杯，饮多饮少自便，但三次必干；然后是一口一杯酒，敬酒三杯，回敬也是如此连干三杯，而后还要同乐三杯，如果违规或者投机取巧，则要罚酒三杯；临近吃饭，又是"饭到三杯酒"。如此场面，颇有"人生得意须尽欢，莫使金樽空对月"的气势。

"太白遗风"的传承，当然少不了美酒的支撑。安陆的涢酒，据传就是李白"酒隐安陆"时常饮的佳酿。

安陆的白花菜是载入湖北方志的一种土特产，被冠名为"唐宋白花菜"，浸润着浓郁的"唐宋遗风"。白花菜其实是一种普普通通的蔬菜，在其他一些地方也有，但红梗的花菜独产于安陆，并且很香。因而有人说安陆白花菜如李白一样，人们对它情有独钟。其实，白花菜历史悠久，唐宋时已广泛种植。安陆白花菜的确味美，连董必武也赞不绝口。

安陆饮食文化中的唐宋遗风是有文字依据的。苏东坡曾作过一首《安州老人食蜜歌》，诗云："安州老人心似铁，老人心肝小儿舌；不食五谷惟食蜜，笑指蜜蜂作檀越。"这种食蜜的习惯也沿袭至今，状元油（安陆地方特色菜）的甜味就是源于其中的蜂蜜。

伴随武汉城市圈的建设渐入佳境，到安陆寻访李白踪迹的人纷至沓来，浸润着"太白遗风"的安陆饮食文化越来越得到外界的认识与追捧。人们在品尝如此美味时，也品尝着安陆的人文历史，品尝着李白的安陆情结，品尝着生活的甘美。

思恋花终放

我曾在湖北日报发表《"太白遗风"与湖北文化特性》一文。此文发表，十分不易。

2004年夏，湖北日报开辟《湖北人的文化特性》专栏，全省各地热心读者纷纷响应，积极投稿。其中也有在安陆成名，并在第二故乡继续发挥余热的文人力作见报，不过谈的是生他养他的那片土地。而我们的千年古县安陆，却无人提及！作为离乡数十载的游子，岂能无动于衷？谁不说咱家乡好！然而，从文化特性谈故乡安陆，也不是一件轻松之事！我试着以"太白遗风"这个在安陆广为人知的文化特性为焦点，选取有说服力的实例，进行阐述。并且，以"'太白遗风'与湖北文化特性"为标题。但是，文章投递后，宛如石沉大海！于是我致电询问，正好是负责的编辑接电话。编辑脱口一句甜言：文章写得好哇！还没等到我高兴，编辑直接对文中顶撞蒋介石一事提出质疑。我回答：县志有记载。编辑表示不以为然。我又以武汉市史料为据。编辑为此索要史料。

为了珍惜良机，我必须马不停蹄。我立即赶往5公里外的武汉市图书馆查找资料。从我们住地到武汉图书馆，没有直达公交汽车。转车不如骑车！我骑自行车，即可直达，还可健身！

在武汉图书馆的查询很顺利，很快就查到了武汉市政协的文史资料汇编中的相关内容，然后，立即传真给《湖北日报》责任编辑了。至此，我一直揪着的心，终于舒展了。我踮起脚尖，等待着拙作与我会面，等待我的一份乡情能够奉献给读者。

然而，武汉史料传真过去后，仍然迟迟没有结果！

我已尽我所能了！实在有些精力疲惫了，只能听天由命了。但是仍不死心，仍在继续关注湖北日报，关注报纸上关于"湖北人的文化特性"的热议。

直到当年12月，终于看到《湖北日报》出现了《"太白遗风"与湖北文化特性》这篇文章，而且，位于该版头条。我煎熬多时的心，终于踏实了！我真的想舞之蹈之一番，以示兴奋！可是，我忍住了。因为我不会舞，也不会蹈。更主要的是，没有达到舞之蹈之的水平（笑言）！

李白留成语

　　李白寓居安陆时期，写出大量诗文，广为流传。由此，一些句子词语，提炼为成语。据可查典籍，由李白在安陆的诗文提炼的成语，计有十余则。这里选录的，是被"湖北日报"刊发的其中三则。

别有天地

　　唐玄宗开元十五年，27 岁的诗人李白"仗剑去国，辞亲远游"，辗转来到安陆。在这里，他与唐高宗时的宰相许圉师孙女结婚。随后，居住于离许宅 5 公里远的碧山中。

　　李白为何落脚安陆，即使在当时，都有许多人不理解。至今民间还流传着一个故事：有一天，安陆在朝中做官的一位何姓阁老回到碧山脚下的老家，听到乡亲们介绍李白生得英俊潇洒，博览群书，一目十行，吟诗作赋，挥笔成章，十分欣赏。于是，吩咐家人准备名肴佳酿，请李白来家做客。

　　李白来后，阁老一见果然气象不凡。又谈诗书，李白都能对答如流，阁老更为佩服。于是忍不住发问："李学士，天下名山那么多，缘何单单看中了我们的碧山呢?"李白听了，不假思索，随口答上："桃花流水杳然去，别有天地非人间。"阁老一听，大声称赞，立即让家人取出笔墨纸砚，请李白写下。李白当即再补两句，并题名"山中问答"。诗云："问余何意栖碧山，笑而不答心自闲。桃花流水窅然去，别有天地非人间。"

这首《山中问答》不胫而走,广为传诵。"别有天地"也成了一句流行的成语,比喻另有一番境界,形容风景或艺术创作的境界引人入胜。

轻财好施

李白"辞亲远游",并不是直接来到安陆的,而是"南穷参梧,东涉溟海",过了三年的游侠生活。在东游维扬时,不到一年,便"散金三十余万"。然而,"黄金散尽交不成",促使诗人结束了游侠生活,寓居安陆。

在与许氏结婚后的第三年,李白写了著名的《上安州裴长史书》。诗人为了让裴长史了解并且重视自己,向他介绍了自己的身世和到安陆之前的情况,其中关于扬州的一段是这样表述的:"曩昔东游维扬,不逾一年,散尽三十余万,有落魄公子,悉皆济之。此则是白之轻财好施也。"轻财好施,由此而来。

声价十倍

李白在上书裴长史无果的第二年,前往长安寻找机会,仍是屡屡碰壁。于是发出了"大道如青天,我独不得出"的长叹,颓丧地踏上归程。其间,听到韩朝宗出任荆州大都督府长史的消息后,又"心雄万夫",希望"一登龙门"。因而,挥笔写下了《与韩荆州书》。

《与韩荆州书》开篇即是:"白闻天下谈士相聚而言曰:'生不用封万户侯,但愿一识韩荆州。'何令人之景慕,一至于此耶!岂不以有周公之风,躬吐握之事,使海内豪俊,奔走而归之,一登龙门,则声价十倍。所以龙蟠凤逸之士,皆欲收名定价于君侯。君侯不以富贵而骄之,寒贱而忽之,则三千宾中有毛遂,使白得脱颖而出,即其人焉。"这就是成语"声价十倍"的出处。

然而，韩朝宗并没有重视李白，甚至连理也没有理他。李白在安陆期间，屡屡上谒不遇，政治上十分失意，只有无可奈何地"酒隐安陆，蹉跎十年"。这种境遇造就了诗人"安能摧眉折腰事权贵"的骨气，使中国文坛多了一个伟大诗人。

李白的桃花

穿过丁亥岁末的冰刀霜剑，走进这片盛开了 1280 多年的桃花。眼前的桃花依然那么绚丽灿烂，那么富有神韵！如云似霞的花海，有唐时的风轻拂，有宋时的韵流淌，还有沁人心脾的阵阵酒香，吸引着千百年来的文人墨客，激荡着世世代代的激情和热望。

那个春光明媚的季节，年轻飘逸的诗人，"仗剑去国，辞亲远游""南穷苍梧，东涉溟海"。仆仆风尘中，忽闻桃花的诱人芬芳。于是，诗人寻香而来，寻到了开满桃花的碧山，也寻到了宛若桃花的许姓姑娘。桃花无言，脉脉含情。一朵桃花就是一张灿烂的笑脸，迎接着飘然而至的诗仙，用炽热与甜蜜，编织出明媚的春光，筑起了温馨的爱巢。自此，诗人"酒隐安陆，蹉跎十年"，在漫山的桃花之中读书吟诗，饮酒会友，上书干谒，寻求"直挂云帆济沧海"的时机。

在桃花的喧闹之中，诗人于山顶祖师殿前亲手植下银杏树苗，来到了"一窍从峭壁百仞中腾出"的桃花岩独酌。野色芳草，春烟飞萝，旖旎的山景激得诗人文思如身边的绀珠泉般奔涌。于是，他登上龟形的读书台，展纸挥毫，去南侧的洗笔池洗笔涮墨。然后，信手一掷。传说中，那如椽神笔不偏不倚，搁到了苍苍莽莽的笔架山上。诗人这才悠然自得地步出山谷，来到红桃绿柳环抱的洗脚塘边洗濯。然后，飞身跨上白马，扬鞭启程，去长安供奉翰林。将欲行，有人拦住诗人说着什么。只听诗人朗声大笑，然后答道："问余何意栖碧山，笑而不答心自闲。桃花流水窅然去，别有天地非人间。"原来如此，为了这碧山的桃花，为了这桃花烂漫的天地。

诗人钟情于碧山的桃花，碧山的桃花深深地嵌入了诗人的心田，无论身在何处，诗人永远爱恋着这醉人的桃花。烟花三月，桃花盛开之时，诗人立于黄鹤楼下，望着好友孟浩然东去扬州的孤帆远影；寄居东鲁，诗人手植桃树聊以自慰；离别长安，落寞之中，自喻为寒天里的桃李；永王帐前，流放途中，诗人苦苦眷恋的，还是那寄托着瑰丽理想与希望的桃花；遇赦之后，在江夏迎接诗人轻舟的，仍然是那把千重江浪映照得绚丽如锦的桃花。

碧山桃花蓬蓬勃勃迎春怒放的气势，激发诗人"心雄万夫"；碧山桃花零落成泥香如故的品格，孕育诗人"安能摧眉折腰事权贵"；碧山桃花缤纷杳然别有天地的境界，常使诗人感叹"梁园虽好，终非久留之地"……花与人相映，人与花相通。碧山的桃花当属于李白。李白为碧山的桃花而增色。金鼠咬天，春潮涌动。李白的桃花更加灿烂，更加芬芳，香溢碧山，香满大地，吸引着四面八方的目光，迎接着天南海北的宾客，谱写出新的篇章，装点着阳光灿烂万紫千红的春天。

银票惹祸

常常听到人们说钱能通神！然而，我却听到了一件因钱惹祸的事情。这里所说的钱，不是假钞，不是"倒票"，而是货真价实的银票。

事情需要回到一百多年以前。

那是 1900 年的秋天，一个多事之秋。躲避八国联军炮火的慈禧太后，带着光绪皇帝，浩浩荡荡，逃到了古城西安。两宫临幸，忙煞了一个名叫李绍棻的地方大员。

李绍棻并不是陕西人，而是湖北省德安府安陆县人。1849 年出生于安陆县王义贞店的李绍棻，幼时家贫，但勤奋好学。26 岁中举，次年入京考中进士，授翰林院编修，在吏部、户部、会典馆等处任职。后来，外放江西担任学政，任期届满，授陕西兵备道，继而署按察使。

八国联军入侵北京，陕西巡抚升允北上勤王，李绍棻又护理巡抚一职。虽然身兼三职，任务繁重，但他以供奉两宫圣驾为要务，仔细谋划，勤勉周到，日夜操劳，毫不懈怠。

事前，李绍棻组织能工巧匠，争分夺秒，将抚署所在的南苑加紧整修，作为驻跸行宫。随即，又将督署所在的北苑腾出，给随驾的王公大臣作为馆舍。并且亲自督办两宫入陕沿途各站的接待事项，务必件件落实。

9 月 19 日，两宫由潼关进入了陕西。路途虽未铺黄土，但也干净平坦，车行安然。每个尖站住所，都布置得豪华富丽，鲜花灿烂；美味佳肴，丰盛可口。原本惊魂未定的慈禧太后，此时也龙颜舒展，当即召见李绍棻，对其一番慰勉，并令其随銮侍奉。这对边疆大员，已是厚爱了。接下来，又有喜事。慈禧刚入行宫住下，又降旨李绍棻署陕西巡抚，同时护理陕甘总督印，加赐大学士衔，兼代内务总管大臣，优予入直奏对，几乎到了"万千宠爱于一身"的程度。

然而，李绍棻哪里会想到，不仅这些突然而至的顶戴花翎转瞬即逝，还连原有的官位也会被削去。其中缘由，全在于一张800两的银票。

那一年春节，随两宫西狩住在西安北苑的惇亲王奕誴，开口要李绍棻"借"给他800两白银过年。当朝亲王开口，这已经是很给面子的事，属于一种"厚爱"了。李明知这种借白银之事，所谓借，其实是一种客套话而已，实际上如同孔明草船借箭，只有借，没有还的。可是，李绍棻非但不能推托，也不能打折，必须不差毫厘如数奉上。于是，李绍棻通知总账房，开出银票，快速送去。

总账房来到了北苑惇亲王处，禀报说："李巡抚送惇亲王爷节礼。"不料，那天本来住在南苑的醇亲王奕譞也在这里。"醇""惇"谐音，再加上总账房的湖北乡音，更是难分"醇亲王"与"惇亲王"了。这醇亲王侍从听说是节礼，也不问情由，将银票代为收纳。李绍棻的这位总账房到底没见过多少大场面，也分不清侍从归属，更不知道惇亲王处会有醇亲王的人，以为只要有人接受就算任务完成。

次日，李绍棻早朝见过醇亲王。醇亲王笑容满面，询问李绍棻："何必送此厚礼？"李不知实情，只是觉得有点莫名其妙，含糊作答。到了惇亲王。惇亲王看到他，则是明显流露出怏怏不快。

李绍棻十分纳闷，百思不得其解。退朝回府，李绍棻查问总账房，才知银票送错了。

事已至此，只能再向惇亲王补送一份节礼。如果是往年，这800银两也并非难事。可是，如今两宫驻跸，逐渐恢复京城宴乐旧观，开销巨大，800银两已不是唾手可得了。无奈之下，悔恨不已的总账房自作主张，跑到醇亲王处要回了那张银票，然后再送给了惇亲王。

过后不久，亲王的侍从们聚赌时发生口角，又将此事抖了出来。醇亲王侍从说："那张银票是我主子不要的，才送给你们主子。"惇亲王闻知，甚为恼怒，以为是李绍棻有意做出这种事情，使他难堪，于是耿耿于怀。

两宫回京之前，慈禧再次嘉勉李绍棻，应允他为陕甘总督，并核销巡抚内一切报支账目。惇亲王有意拦阻，但又不好明说，只是称李任总督一事，俟回朝后颁发谕旨为宜。李绍棻信以为真，等着朝廷谕旨早日到来。等待多时，终于等来谕旨，内容却是："该臣于行在供奉时，至备贤劳，恩准回籍终老。"随即，升允回任陕西巡抚，兼署陕甘总督。李绍棻是实实在在地尝了一回空头支票的味道。老佛爷许他的顶戴花翎，不仅没有等到，反而自己头上的花翎也化为乌有了。

这是重重的一击！这银票之祸，乃是完全不可预料、无力回避的人祸！

李绍棻遭此沉重打击，看破红尘，心灰意冷，转身遁世学佛。李绍棻学佛也很下气力，很有长进，曾经担任武昌佛教会会长。

1924年1月，这位供奉两宫贤劳备至，最后反被朝廷抛弃，出力不落好的湖北老乡，在汉口养元里病逝，走完了他75年悲剧色彩的人生路程。

部分文字引自《武汉文史资料》2006年第3期

声震国际之战

在我的记忆深处，一直留存着抗日战争期间发生在家乡土地上的一场战斗。这场战斗的地点，在巡店与桑树店之间的高庙山。因为这场战斗，有我的前辈亲人亲自上阵，死里逃生，而被祖辈们念念不忘。当我到巡店上初中的时候，祖辈又不断对我提及这场战斗的零星信息，以至我常常人在教室听课，目光却穿过了教室门窗，飞到了金家墩周围，神游高庙山战斗的情景。

直到半个世纪后，得益于一些权威的文史资料，我对高庙山战斗才有了翔实的认知，觉得有必要传递给亲人，传递给父老乡亲。

高庙山战斗，其实发生了两次，发生的时间，都是 1942 年。1942 年 8 月下旬，新四军与地方武装，在高庙山伏击日伪军获胜。而声震国际的高庙山战斗，是在 1942 年年底。抗日战争中期，国际反法西斯同盟总部曾经隆重地向我军发来一次贺电。贺电称："中国军队在湖北安陆地区击溃日军陆战队 600 余人，这是国际反法西斯阵线在中国战场上的一个胜利。"贺的就是这场战斗。

这场声震国际的战斗，具体地点在我们家乡安陆市巡店镇西南的高庙山。因而，被军史通称为"高庙山战斗"。

高庙山，其实是丘陵，并无大山与高峰，中间为一片方圆 2 公里的盆地。古时，这里就是安陆与应城两县巡检司之间的咽喉。抗战时期，也是安陆至应城公路的必经之地。20 世纪 40 年代，两次重要战斗都是发生在高庙山。

1942 年年底，日军集中兵力对鄂中、鄂东各抗日根据地进行冬季大"扫荡"。平汉铁路两侧的国民党顽军也对李先念领导的新四军五师进行攻击。在这样的情势下,新四军五师13旅38团奉师旅首长之命,由鄂东开赴鄂西,配合15旅牵制和抗击顽敌。

12月13日,38团从大悟山出发,越过平汉铁路,于15日午夜到达高庙山地区宿营。38团与高庙山有着不解之缘。4个月前的8月下旬,驻扎高庙山附近的38团曾用一个营的兵力,与京安县大队配合,在高庙山伏击外出"扫荡"的日伪军200余人,打死打伤敌人100多人,缴获钢炮两门、轻机枪6挺、步枪100余支。

这次38团到达高庙山之后,一营占领制高点,二营、三营驻附近村塆,时刻保持战斗状态。

敌人很快获悉38团住宿高庙山的情报。敌人企图报复前次高庙山战斗失败的仇恨,但不敢轻举妄动。于是,从安陆县城和雷公店及附近的巡检司等据点调集日伪军600余人,其中有2个炮兵连、8门山炮、6门迫击炮和多种88式掷弹筒,分路合围,偷袭高庙山。

16日凌晨6时许,敌人前卫部队首先袭击了38团一连哨兵阵地,并用火力封锁了该连驻地。一连连长闻讯,立即指挥一排用火力压住敌人,让部队从村内冲出去。二连、三连也在高庙山东南同敌人展开激战。9时左右,一连打退敌人进攻。敌人并不罢休,再次组织冲锋。11时,敌人第二次冲锋又被击退。12时左右,敌人用炮火开路,向一连阵地发起第三次进攻,一连指战员士气高昂,愈战愈勇。连长支永胜左臂负伤仍坚持指挥战斗。敌人被挡在我军阵地前百米远不能前进。下午时分,敌人又增援一个连的兵力,战斗更加激烈。38团团长冯仁恩、政委周鸣庆亲临火线指挥,七连、九连也投入了争夺制高点的战斗。一连连续打退敌人6次进攻。全连100多人,有80多人伤亡,连长、指导员身负重伤,仍然守住了阵地。打到后来,剩下的几十人与敌人一个连的兵力,在阵地上展开了白刃战。双方争夺数小时,直到战斗结束。这时敌人伤亡70余人,我军伤亡108人,一营营长、九连连长牺牲。直到天黑,敌人也没能占领高庙山。面对英勇顽强的新四军 38 团，敌人自知夜战更为不利，于是停止进攻，并且撤退。38 团也不顾伤痛和疲惫，连夜开赴 80 里外的赵家棚根据地。

这次高庙山之战，是在敌人重兵把持的武汉周边一场罕见的硬仗恶仗。面对装备精良的日军陆战队，新四军不怕牺牲，不怕疲劳，英勇战斗，及时地粉碎了日伪军的偷袭计划，沉重地打击了不可一世的日军陆战队的嚣张气焰，极大地鼓舞了鄂中军民的抗战信心和斗志，赢得了国际声誉。当时的多家报纸，都在头版头条报道了这场战斗的消息。一些国民党军官也不得不承认："抗日战争爆发以来，在鄂中还没有任何军队同日军激战一整天。"对新四军五师英勇顽强的抗战精神，予以高度评价。

游子寸草心

"谁言寸草心，报得三春晖。"我与脑梗对抗多年，长时间写字明显不行，只能断断续续写下这些文字，回忆60余年追梦文学历程，表达游子的寸草之心。

梦想是希望，梦想是目标，梦想是动力。

我追文学梦，至今已有一甲子了。如梦文学，伴随我走南闯北，风雨兼程，不懈地追逐美好的愿景。即使重病缠身，仍然矢志不渝。

一、阅读孕梦

回望这串追梦踪迹，应该起步于我小学四年级的转学。

那是1960年早春，正是"二月春风似剪刀"的时节，未满11岁的我，在祖母与姑妈的带领下，天没亮就出门，迎着春雨和寒风，从家乡桑树店去父亲工作的县城，继续读小学四年级下学期。这是一条15公里的崎岖山路，满是泥泞，稍不小心就要摔跤，甚至倒进田间。裹了足的祖母既要自己小心翼翼走路，又要为我保驾护航。年轻的姑妈，挑着装满行李还有瓜菜的竹筐，连歇脚的机会都没有。因为沿途都是泥浆。好不容易看到了县城，肚子又提意见了——临近吃午饭的时间，祖孙三人还没吃一点食物，硬是强忍着饥饿，跋涉到了目的地。

当时正是国家经济困难时期，祖孙三人在县委大院自己开火，用带来的瓜菜拌米煮饭吃，已比乡下强了许多。学习条件更是不同，不仅白天可以安心读书，晚上还有电灯照明。我们的课外作业

179

不多，闲暇时间很充裕。祖母和姑妈返回乡下的日子里，父亲经常下乡或者外出，就剩下我一人独自打发时光。那时，年轻的父亲喜爱阅读，常将大部头文学书籍带回宿舍。父亲外出后，这些书便成了我最好的伙伴。我常常白天看不完，晚上接着看，甚至看到第二天天明，直至捧卷入眠。其实，这时的我许多字还不会认，并不具备阅读大部头的能力。然而，书中的故事情节却很吸引我。特别是里面一些对场景和景物的描写，让我感到很新奇；一些语言，也很自然地映入我的脑海。

记忆中，我读的第一部长篇小说是《苦菜花》。这本书写的是解放战争时期山东农村的故事。里面的许多情节，都给我一种似曾相识的感觉，使我联想到家乡的一些人和事。甚至书中的娟子、嫚子，以及王東芝等人物，也与我熟识的乡邻形象接近。因此，我对《苦菜花》感到亲切可信，根本不认为有虚构，进而还将乡邻面孔代入，并且琢磨，开花的苦菜究竟是我们家乡的哪种菜？以致我在独自回乡的途中，沿路寻找不停。

随风潜入夜，润物细无声。对《苦菜花》的喜爱，于我产生的影响是广泛的，对我的文学梦，尤为明显。首先，我对阅读的兴趣，经久不衰。有时步行，或者乘车，甚至吃饭，都手不释卷，坚持阅读。其次，钟情文科，由此开始。我对语文课的兴趣日趋明显，对学过的语文课本中的一些文章，不仅能熟读背诵，还能长时间记忆犹新。比如《岳阳楼记》，当时能全文背诵，如今即便大脑损伤，文中的段落仍能张口即出。对语文的热爱孕育了我的文学梦，为以后的业余文学创作打下了基础。

直到高中，我的文学创作才有了点感觉。进入高中后的第一学期，老师布置了一篇命题作文，题目为"当旭日升起的时候"。我想起了父亲在黄陂农村搞"社教"撤离后，农民代表寄来的感谢信带给我的震撼和曾见过的车站送别的场景，于是写下了一篇关于群众依依不舍在火车站热烈欢送工作队的故事。这篇文章受到我们刚学过的课文《挥手之间》影响，文章被老师选作范文，专门讲评。我由此被人瞩目（时隔48年，老同学聚会，有人仍能清晰地说出这篇作文题目，甚至原文语句，令人感慨）。这年年末，我光荣地加入了共青团。第二学期，广东中山大学毕业的新老师接任我们的语文课，竟然用红笔在我的作文簿上写下"无限风光在险峰"的评语。

不过，后来偏逢意外，我攀登"险峰"的路中断，无缘继续读书深造了。

二、从军筑梦

心犹在，梦也在。上学的路中断，追梦的路仍在延伸。我在服从祖国需要，追逐中国梦的征途中，不舍心中的文学梦，在人生的每一阶段，都有花朵绽放。

1968年初春，满怀对中国人民解放军的无比热爱，我应征入伍，圆了保卫祖国的美梦，也创造了追梦文学的条件与机遇。当然，对于这时的我，文学只是一种爱好，我在完成工作任务的过程中，逐步构筑着梦想。

当年从新兵连分配进入团部直属的重炮连的时间，已是四月。有一日中午，应该是全连的休息时间，从挑选到接兵到带兵，一直把我带进了连队的湖北浠水籍的老兵王班长，忽然来到我所在的侦察班，把我领到了连队的会议室。会议室里，一个老兵正在用毛笔往大白纸上抄写稿子。我立刻明白，这是在办专刊——应该是庆祝"五四"青年节的。尽管我是刚到连队的新兵，但是对办专刊已不能等同于新手了，否则，连队直接负责团支部工作的王班长也不会拉我上场。从此，连队的办刊任务落到了我肩上，后来还发展到办起了油印刊物。全连的文化生活在不断地探索发展中丰富提高。同时，也磨砺着自我，滋润着文学的萌芽。

在部队大熔炉的冶炼中，我的文学梦逐渐长出翅膀。看到《解放军报》和《解放军文艺》，也尝试着自己去投稿。有一次我刚寄出一篇稿子，脑子还在考虑，感到还有话没有写完。于是，我连夜

作者在部队驻地（原河南安阳市委大院）

又写出了补充文字。好在军营距离火车站不远，抢在天亮之前送到火车站去赶顺路的火车。现在明白，这完全是自己主观想象，不了解邮件的投寄流程。邮件虽然投进邮筒，即使火车站内的邮筒，也不是随时可以打开取件的，更不能立即送到邮政车厢上。

经过无数次默默地独吞苦果，终于迎来了我的文章登上军报这一天。也许没有其他人知道这篇文章是我写的，因为当时流行不署实名，统称"本报通讯员"，但是我仍然闷着头自娱自乐了好久。毕竟这是我平生第一次有文章登上了报纸，文学梦第一次变为事实。

有麝自来香。文章登上军报，不署实名，也能找到作者。没过几天，团政治处组织力量，整理部队在山西长治执行任务中粉身碎骨的特务连共产党员李全洲的英雄事迹，我有幸被抽调。

不久，中央军委正式颁布命令，部队掀起向毛主席的好党员李全洲学习的热潮，使我备受鼓舞。我利用紧张的战备施工间隙，创作了一首顺口溜式的赞美诗。此时，我对写诗完全是门外汉，对投稿也没有经验，没有目标。但是，这期间长江日报刊登了我身边一位老战友写的稿件，打开了我的思路。大军区正在武汉举办李全洲英雄事迹大型展览，我便把这首诗寄给了长江日报，署名为："李全洲生前所在直属队战士"。没料想，有一天连队通讯员递给我一个印有长江日报字样的大信封，里面竟刊登了"李全洲生前所在直属队"的诗《一面火红的战旗》。那个年代写稿不计报酬，也不署实名，而且要隐姓埋名，否则就会被认为有资产阶级或小资产阶级思想。但是，如有文章见报，也能决定作者的前途。然而，我对此可谓没有任何"杂念"。身边没人知道长江日报刊登了我的诗，即使看到这张报纸的人也不知道作者是谁。学英雄，见行动。我真心实意地当了一回"无名英雄"。

三、建设铸梦

从部队转业到武汉铁路工作后，有了实现建设祖国梦的平台。

而且，我的具体工作是驾驶火车头，也称为机车乘务员。这是一个极为重要又光荣的岗位。如同钢铁巨龙的一列火车，通过机车乘务员的辛勤工作，竟然服服帖帖，风驰电掣，四通八达。其中的自豪与荣耀，只有机车乘务人员才能感受得到。而且，我最希望驾驶由武汉到岳阳区段的旅客列车，只因能亲睹久仰的岳阳楼名胜，感受"衔远山，吞长江，浩浩荡荡，横无际涯"的气势。

果然心想事成。我以极大的热情投身工作，满腔的热血仿佛都被点燃了。然而，实际的工作过程超出想象，十分辛苦。那时的火车头全烧煤炭。每趟行驶，得烧数吨煤炭。机车乘务员因此被人称为"愚公"，每天挖煤山不止，然后一锹一锹往机车炉膛投煤，直到工作干完。除了劳动强度，还有重重困难及关卡，需要认真对待。我第一趟上车值乘，就是通宵达旦不眨眼，到了后半夜，上眼皮与下眼皮总是打架，全靠自己硬撑。还有站立，运行中的火车头，周身剧烈震动，颠簸得非常厉害，无论你姓甚名谁，想站稳脚跟都不容易。得益于解放军大学校的培养和锻炼，我以最快速度适应了新的岗位。到达岳阳下了班，还未开市，我不顾劳累和困乏，又让师傅带着去了岳阳楼。

火热的生活，熔铸着梦想。几趟往返下班，一种驾驶火车千里驰骋的壮志豪情，在心中澎湃起来。我趁热打铁，创作了一组题为"我们是人民机车乘务员"的诗歌，在《中原铁道报》首发，受到热情的欢迎与赞扬。这也是我第一次署上自己的实名。数年后，本人已不在火车头上值勤，仍有知音惦记着我。有一天，一位从遥远的鄂西铁路单位来汉的青年，竟然到我们单位寻访，与我见面。此事实在令我感动，以致无措，竟然忘了问他尊姓大名，遗憾至今。一位当时在相邻单位做临时工的文学青年，用他自己乐意的方式，通过武汉市邮政系统，特意给我寄来了一封手写书信，同时还有一首唱和诗。我当时也算能保持清醒，便专门登门看望。这位文学青年，的确奋发图强。进入改革开放时期后，他们老家的县，晋级为省管市。当年的临时工，回家乡当了专业作家，进而成了作协主席。我又不惧路遥，再次拜访。

担任单位共青团负责人后，我又把文学追梦作为适合青年特点的一项重要活动，组织全体团员青年写诗赛诗，并且自编自印了全局第一本青年诗集。组织青年写诗赛诗，也激发了我自己的诗情。我特意写了一首讴歌青春的诗《铁锤镰刀锻青春》，投给《湖北青年》月刊，被全文刊登。这回的确有一种小小的收获感。《湖北青年》月刊面向全省，放飞着青春理想。借助《湖北青年》，我的青春，也张开了理想的翅膀。过了很长一段时间，我去一个单位公干，办公楼迎面的板报上登着我的这首诗，篇幅很大，并且套着彩色，非常引人注目。尽管没有署名没有出处，依旧让我感觉到了它回荡的旋律。

20 世纪 80 年代，我所在的铁路系统第一次成立文艺工作者协会。在本人尚不知情的情况下，我被吸收为会员，并被推选为理事。以此为标志，我有了一个被正式贴上身的文学类"标签"。

四、抱病圆梦

"忽如一夜春风来，千树万树梨花开。"1992 年春，踏着邓小平南行的脚印，我第一次到深圳参观学习，果然有一种"东方风来满眼春的感觉"。在文化的强烈冲击下，我的文学梦，如梨花绽放。

先是散文《洪湖碧荷香》。这篇以碧绿荷叶为意象的散文，以战胜 1998 年长江的特大洪水为背景，把洪湖湖乡风光与军民情深融为一体。在湖北广播电台举办的评比中，受到行家赞赏，以近乎全票，夺得金奖第一名，并在节目中配乐播诵，又在《湖北广播电视报》全文登载。

商代盘龙城是湖北省一大历史名胜古迹。2004 年，武汉市为纪念盘龙城遗址发现 50 周年，以《长江日报》为载体，面向国内外读者，举办知识竞赛。赛题分知识问答和作文两部分。参赛者踊跃，代表性极广，竞争十分激烈。这次活动大大密切了我与图书馆的关系。我不断地从家里骑自行车去5余公里外的市图书馆搜集资料，回答试题。小偷也毫不客气地给了我考验，连续偷走了我的几辆自行车，但这仍旧没能阻挡我参赛。我不仅圆满地答出了全部试题，还以现场游览的形式，再现古代盘龙城的场景，为今天与未来盘龙城的旅游开发献策。评委认为我的这篇《畅想未来盘龙城》，别具一格，因而颁给我唯一的一等奖，奖励一万元。一万元当时在武汉市可以买10平方米的住宅哩！

此外，我还曾获得《求是》杂志举办的"学习邓小平理论知识大赛"三等奖，为全国铁路唯一获奖者等。

作者获得的部分重要奖项证书

有人戏称我为获奖专业户。文章相继被收入《品读武汉》《品读长江日报》《品读武汉名人故居》等大型文集、特辑。武汉人民广播电台几经周折，把电话打到深圳，对我进行长途采访，制作专题节目，进行国际文化交流。湖北日报集团也把电话打到深圳，对我进行访谈，为武汉市申报工业遗产项目助力。2019年5月，我突然接到一个北京电话，原来是国家铁路总公司（集团）融媒体准备来武汉采访我，拍摄专题电视片，献礼中华人民共和国成立70周年。我与共和国同龄，尽管沉疴在身，我仍然积极配合，圆满完成了拍摄任务，向祖国献了一片心意，也为本人的 70 岁生日添了一道彩。多位在高铁上看到这个电视片的战友、同学、乡亲，纷纷表示祝贺！今年入秋，武汉长江水位大降，武昌徐家棚的轮渡码头完全裸露，一家成立 70 年的国家新闻社关注到这个信息，通过官方机构索得我的联系方式，直接打电话到深圳向我采访。谈过轮渡码头的内容后，年轻的女记者在不知不觉中，将话题引到了如何看待武汉高铁在中国的地位。我马上意识到问题超出了自己的视野，便表示拒绝。该出的力，该流的汗，在所不辞。超越自己能力的事，必须三思而后行。

文学也成了我的桥梁和纽带，助我与外交往。我们家乡河上的公路桥，是 20 世纪 70 年代土法上马建造的，已经不能适应今天的需要，被主管方面列为危桥。问题长期得不到解决，影响了乡亲们的通行和生活。曾经在我们县里担任领导的一位知名人士，当时正在负责省报。我以投稿的方式，寄去了散文《李白的桃花》，还有一封呼吁解决这座危桥的信件。这位领导收到我的稿件和信后，十分认真对待。呼吁信直接转给了我们家乡市委领导。为此，市交通局专门研究，向上级专题汇报，请求抓紧解决危桥问题，并以公文形式给我回函。经过大家的努力，中华人民共和国成立 60 周年前夕，家乡的危桥终于被新修的单孔公路桥取代，旧貌换了新颜。

文学使我尝到了甘甜，文学也开阔了我的视野。我多年前写长篇的愿望又强烈起来。为了保证成功率，我选取了破解中国铁路历史谜团的题材，回溯中国铁路从无到有，从小到大的艰难历程，探寻值得后人吸取的启示与教训。我四处搜集资料，打破正常的生活规律，有时以点心干粮在阅览室当午餐。长时间劳心劳神，引起了身体的强烈抗议，我在晚上久久不能安然入睡。无奈之下，只有找电视出气。我常常独自拿着遥控器，不停地调换频道，漫无目的。有时电视节目播完也睡不着，还要继续与看不见的对手进行艰苦斗争。在这种无声战斗的状态下，我完成了二十多万字的手写文稿。接下来，为把文稿变成电子稿，我发动外侄、内侄、舅侄，齐抓共干。那年下大雪时，搭乘公交车去给外甥送文稿打字，下车后去超市转了转，退出来走了很长一段路，才发现丢了文稿，顿时心急火燎，火速返回这家超市，找了一圈也没找到。询问工作人员，文稿才失而复得。2008年5月，59岁之际的我被脑梗击倒后，与武汉出版社签订了这本书的出版合同。这时，我的右手很不听使唤，手指捏不拢，写字极为困难，而且歪斜，半个脑袋如同木头，用手用脑极不方便。尽管如此，我仍然坚持审阅清样，进行修改与核对。直到2010年4月，此书以"武汉铁路百年"为题出版。湖北日报、长江日报相继发表文章，称此书"通过探讨武汉百年铁路的发展轨迹，破解了一个个独具价值的历史之谜，展现了中国自鸦片战争以来铁路发展的艰难历程"。《人民铁道》等报刊先后选载。一所有名的大学的城市研究机构，将本书作为自己的研究范畴。许多专业工作者，也从本书中引用资料，并据实标注出处。

漫漫长路，布满了跋涉的足迹；串串文字，倾注着火热的深情。几十年学、农、军、工的经历，天南地北的亲身见闻，成了我丰富的写作资源。如今重病缠身，依然不舍梦想，坚持写些力所能及的文字。我先后在北京、深圳、广州和湖北等地多家权威报刊发表作品，并被人民网、共产党员网、凤凰网等媒体转载。还有文章入选《纪念深圳特区建设30周年》专辑，入选深圳"廉洁读书月"征文集，并获证书。同时，出版了本人在《工人日报》《中国纪检监察报》等报刊发表的文章选编集《长路深情》。该书被赠送同学、老师、战友、乡亲，作为我追梦的一种成果汇报，也被深圳市图书馆收藏。深圳市图书馆向我颁发了证书。

2013年，武汉市开展首届书香门第评选，我们家庭光荣入选。《楚天都市报》还以婚姻为主题，进行专门采访，整版报道，介绍我们全家的追梦历程。

"多少年的追寻/多少次的叩问/乡愁是一碗水/乡愁是一杯酒/乡愁是一朵云/乡愁是一生情/游子/你可记得土地的芳香/妈妈/你可知道儿女的心肠……"因为身体的原因，对故乡的思恋越来越浓烈，想倾诉的话语越来越丰富。由此，产生了一个十分强烈的愿望，何不把思恋故乡和感恩父老乡亲的文字，整理成一本集子，作为一份特别礼物，献给家乡？要献就献最好的，最有分量的。于是，我开始抱病清理原有的已经见诸报端的表达乡情乡愁的文章。然而，由于身体的原因，见报的文章还不足以表达我的心愿，涉及的内容还不丰富，想说的话没有说够。想说的话语就尽情讲！我静下心来，搜索对故乡的记忆，从自己的所见所闻着手，进行谋篇布局，组织文字。现代科技给予了有力支持，为我减轻了负担。利用智能手机，我可以省略手写文字的环节，直接把叙述的内容写成电子稿。作为这一方水土养育的一员，我实实在在地觉得，自己为家乡献上了一份寸草之心。

一个甲子的追梦文学历程，颇像当年我从家乡去县城读小学，在崎岖泥泞的山路上跋涉的情景。虽然蜿蜒曲折，毕竟到达了目的地；虽然未能登上险峰，毕竟阅览了许多风光。人生追梦，就应如此。只要坚持不懈，总会有所收获。

2012 年 5 月于汉口初稿
2014 年 2 月 4 日于深圳万科棠樾修改
同年 8 月 28 日于武汉修改完成
2022 年 9 月定稿于深圳红树湾

作者与夫人合照／《楚天都市报》记者摄

附　辑

怀乡诗草

故乡银杏树

题记：千年古县安陆，中国银杏之乡，新四军五师成立之地。半个世纪前，安陆千名热血男儿，参加人民解放军，保国为民，谱写出银杏之乡的壮丽诗篇。

一

曾在白兆山巅把你仰望，
你是祖师顶上挺拔的银杏。
李太白的双手将你栽种，
千百年的雨雪把你滋润。
你伟岸的躯干直接蓝天，
你繁茂的绿叶荫庇群岭。
你聚焦了四海之内的热望，
你雕刻出心灵深处的图腾。

曾在钱冲田头与你相拥，
你是漫山遍野峥嵘的银杏。
新五师的热血将你浇灌，
后辈们的智慧让你弥新。
你承继了炽烈红色基因，
你流淌着淳厚民风乡韵。
你捧丰硕的果实恭迎宾朋，

你展锦绣的美景陶醉游人。

曾在一中校园与你并肩，
你我同是披挂远行的新兵。
银杏叶的翠色染绿戎装，
铜铁般的体魄威武英俊。
你立正似白兆山顶大树，
我看齐如钱冲一道风景。
九百九十八名热血男子汉，
父老乡亲遴选的特种银杏。

二

辞亲离乡昂首阔步上征程，
特种银杏添绿天下第一军。
绿染山沟，摸爬苦练钢铁意志，
绿染中原，"挖洞"浇铸军人血性。
绿染太行，硝烟锻造无悔青春，
绿染东海，狂澜砥砺不屈精神。
绿染南疆，炮火抒发保国豪情，
绿染四方，风流绽放洪湖初心！①
——银杏茁壮成鸾林，
跨越世纪绘织壮丽景！

三

穿过八千里的云和月，

---

① 中国人民解放军陆军第一军，前身为创建于洪湖革命苏区的红军团队。

抖落半世纪的土与尘。
翠绿征衣尽成黄金甲,
霜雪飞头恰似硕果堆银。
乡音浓情重汇出发地,
致敬默默奉献银杏树,
叩谢故乡乳汁故乡恩!

飞驰的退伍兵

从武汉周边最古的县走出，到成为白云黄鹤之乡的建设生力军；从英姿勃发的退役军人，到驾驶钢铁巨龙的火车司机。银杏之乡安陆的一批热血子弟，在中国腹地的武汉铁路，披星戴月，风雨兼程，奋斗了半个世纪。献了青春献终生，为共和国的宏伟大厦，为人民群众的幸福吉祥，挥洒热汗与鲜血，谱写芳华与交响。

50 载——光荣的纪念

一

三月　烟花曼舞的风景
三月　崎岖泥泞的路程
我们——刚刚卸下戎装的银杏之子
再次接到国家号令　重新出征
如同当年入伍参军
——那时也是三月
千名新四军五师的传人
浩浩荡荡　登上军列北行

——进入 50 年前的三月

我们响应党的召唤集结县城

同乘列车南下

"哐——嘟——哐——嘟——"军歌振奋

驶进龟蛇锁江的名城武汉

驶进日夜沸腾的铁路枢纽

成为大别山南洞庭湖北的武铁新人

也把一个平凡却无法复制的日子

——1971 年 3 月 21 日

深深嵌入了年轻退伍兵的心灵

二

我们曾无数次面对悠长的铁道浮想

——它披星戴月　不舍昼夜弹奏着交响

——它聚精会神　一丝不苟谱写着华章

我们曾由衷向陌生的铁路人致敬

——他们被推崇为中国的"第二红军"

翻山越岭不畏难

严寒酷暑纵情唱

——还有林祥谦　施洋

"二七"先烈的热血涌流我们周身

铁路工人的豪情在心田激荡

三

终于　披着三月湿漉的风

我们从沙尘呼啸的黄河滩地走来

来到万里长江第一桥桥头

我们从驰骋疆场的"天下第一军"走来

来到詹天佑选定的粤汉铁路北首

保国卫家的长枪大炮

换成驰骋千里的钢铁巨龙

驾驶火车伴雷霆

放歌汽笛铺锦绣

背负重任搏风雨

仿佛军人在战斗

——湘鄂沃野绘彩卷

武胜雄关数风流

四

行进的列车　总会遇云遮雾瘴

退伍兵面前　并非全是三月春光

血与火无情洗礼

月难圆令人惆怅

每当登上火车驾驶室

顷刻变成愚公模样

躬身挥锹

似山的燃煤流水般投进炉膛

炽烈的高温　灼烤着乘务员的前胸后背

狰狞的酷暑　煎熬着愚公们的内心与脸庞

更有流言来袭——

远看像逃荒　近看像挖矿

细看才知是火车烧煤匠

——迷茫中有人打起了退堂鼓

彷徨下有人缩身于温柔乡

五

宝剑锋从磨砺出

梅花香自苦寒来

银杏男儿自有不屈的品格

退伍军兵延续着赤卫队的血脉传承

铁锤镰刀锻造着我们的意志与筋骨

冲锋号角萦绕在耳畔激荡在心灵

顶着冰刀霜剑　我们昼夜兼程

苦战高温酷暑　我们百炼成钢

国际友人　"特别快车"迎来送往

南巡专列　"铁道卫士"拱守保障

黄鹤楼下　星夜演练枢纽畅通

长江天险　配合大军抢渡攻防

钢铁元帅升帐

我们挥汗如雨　多拉快跑

"三线建设"加鞭

我们追星赶月　炉火更旺

——钢铁动脉　奔流着退伍兵殷红的热血

浩荡车轮　飞旋着银杏子澎湃的激情

我们用熔炉冶炼的壮丽青春

为雄伟的摩天大楼添砖加瓦

我们步《洪湖水长又长》的旋律

为千家万户运送着欢乐吉祥

六

三月的烟花　又曼舞了半个世纪

匆匆的行人　穿过了 50 载的风雨泥泞

飞驰的退伍兵　飞驰铁路 50 年

正逢伟大母亲百年诞辰

光荣在党 50 年

光荣在党纪念章

——母亲颁发此厚礼

银杏子有幸分享这荣光

一路飞驰

党旗导航

把自己的芳华献给了铁路献给了祖国

也把跨世纪的新生力量

献给四面八方

献给新时代的共同梦想

作者与战友合影

莲花山赏春

牛年新春，莲花山径。
蜂拥攀登，谈笑风生。

石路崎岖，林隐鼓声！
汗湿衣衫，不懈奋进。
披荆斩棘，踏险越坑！

登临山顶，无限春景。
丽日高照，天朗气清。
姹紫嫣红，五彩纷呈。
百年风云，眼际翻滚。
南头古城，浮动剑影。
深圳旧河，如诉呜呜。
历史长卷，春雨染新。
田园吐翠，渔村织锦。
鲲鹏舞翼，春笋接云。
大道壮阔，浩歌同行。

宏大湾区，潮涌浪奔。
碧波卧龙，大湾热吻。
前海扬帆，横琴布阵。
满目锦绣，万木争荣。

辽阔神州，号角齐鸣。
天南地北，热气腾腾。

伟人含笑，川音谆谆。
百花绽放，开怀共庆。
纵情欢呼，重温初心。
莫负韶华，逐梦前程。
不忘来路，再鼓牛劲。

2021 年春节于深圳红树湾

共和国同龄 "牛"

题记：公元 1949 年，是农历牛年。同年 10 月 1 日，中华人民共和国宣告成立。这年出生的一代人，既与共和国同龄，又常被称为一代 "牛人"。2019 年，共和国喜迎七十华诞。特拟此章，献礼亲爱的中华人民共和国，致敬与共和国同龄的 "牛人" 们。

你是 "老黄牛"，
我是 "老水牛"，
我们是共和国同龄的孺子牛。
浩浩荡荡千千万，
迎风击浪闯中流。

当年我辈降生时，
共和国开国的礼炮兴奋吼。
嗷嗷待哺蹒跚路，
共和国的光辉照心头。
春风拂面热血沸，
呵护一代 "牛人" 阔步走。

猎猎战旗破迷雾，
追风赶月不停足。
田野刻录我脚步，

边防闪亮你双眸。
山河纷呈万般锦绣，
版图展示一代风流。
——淌汗滴血总俯首，
栉风沐雨写春秋！

奉献毕生血与汗，
化作妙笔绘宏图。
共和国大厦七十层，
耀眼"牛"迹层层有。
牛人牛事牛雕塑，
气势如虹冲九霄。
大厦逐梦展翅飞，
牛劲代代永不丢！

你是"老黄牛"，
我是"老水牛"，
祝福母亲共和国，
致敬我辈绝代牛！

武汉东湖游

牡丹含笑，
落雁传情。
行吟阁前屈子吟。
梅园疏枝浮暗香，
楚编钟淌古韵。

红男绿女，
洋腔土音。
宾朋竞相赏湖景。
莫道此地无素贞，
清水芙蓉更醉人。

庚子生日记

庚子闰月人增寿，
古稀添一再登楼。
凤凰浴火渡劫波，
丑牛奋蹄谱春秋。
回首来路常戏险，
笑看惠风舞杨柳。
功成名就留汗青，
深情聊寄涢水鸥。
（后两句为战友补充）

2020 年 5 月于武汉

本命"牛"庆生

躬耕六轮逢辛丑，
佳音频频不胜数。
光荣在党五十一，
解甲半百竞风流。
病魔折戟路仍远，
桑榆依然老黄牛。

壬寅元宵夜

世界之窗三代游，
元夜美景不胜数。
气势恢宏《盛世纪》，
流光溢彩花灯秀。
婵娟温柔洒银辉，
春姑曼舞舒广袖。
遥祝亲朋千里外，
四季平安添福寿。

赠辛卯兔同窗

半群属相一"洋"兔，
风雨同窗共苦读。
重逢已是桑榆季，
再聚仍有春光留。
高歌纵情唱正气，
低音轻吟舞广袖。
本命奋蹄登寿山，
癸卯祝福织锦绣。

癸卯年新春

后记　游子情切切

韶关人张久龄有诗云："悠悠天宇旷，切切故乡情。"此句此情，颇能赢得游子的共鸣。

怀乡，是在外游子无法割舍的终生情结。然而，拿什么寄托怀乡之情呢，我热恋的故乡！

桑榆之际，身染沉疴，既不能越千山跨万水，又无力品长篇书群章，只能量力而行，因地制宜，陆陆续续草就零星短章。而起意结集，以此作为献给家乡的一份特别礼物，应该是 2015 年。2018年秋，初具雏形。

然，好事多磨！此间身体极不给力，右脑如塞棉花——木；右手仿佛碾压——僵；右腿四季冰凉——冷。向家乡献礼物一事，确如同"跋"字之意，在山上行走，道路崎岖，险象环生。自 2019年下半年开始，新一轮病魔接连袭扰，几乎使我的怀乡意愿化为烟雾，遗为灰烬。

诚谢天高地厚，终归使我化险为夷。于是，我热恋故乡的心火，再次腾腾燃起。

对故乡的热恋，是赤诚的，也是纯真的。饱含游子深情的文字，都是经过锤炼的。每篇文章内容，都是有根有据的，描述的许多事情，不乏亲历亲闻。审阅相关篇章的行家认定，意义重大，弥补了某些空白。如今能够成文，的确是一件幸事，也是游子献给故乡的一片特别心意！

幸得多方助力，拙作《热恋的故乡》终于正式出版，或许称得上破茧成蝶了。一路承蒙多位挚友行家的支持，借此机会，向省机关、家乡政界，以及其他热心人士，尤其是长江文艺出版社，一并致以诚挚谢意！

　　著名书画家蔡茂友为本书题字，杨文斌提供画稿配图、挥笔作序，胡日新、王小平为本书封面供图，北京友人、一级书画家海国虎先生闻讯特意题写书名，为《热恋的故乡》添彩，在此特别致谢！

作者

2022 年仲秋，于深圳湾

211